共和国故事

伟 大 发 现

——秦始皇兵马俑博物馆全部建成竣工

周丽霞 编写

吉林出版集团股份有限公司

图书在版编目（CIP）数据

伟大发现：秦始皇兵马俑博物馆全部建成竣工/周丽霞编. —

长春：吉林出版集团股份有限公司，2009. 12

（共和国故事）

ISBN 978-7-5463-1906-3

Ⅰ. ①伟… Ⅱ. ①周… Ⅲ. ①纪实文学 – 中国 – 当代 Ⅳ. ①I25

中国版本图书馆 CIP 数据核字（2009）第 237732 号

伟大发现——秦始皇兵马俑博物馆全部建成竣工

WEIDA FAXIAN　　QINSHIHUANG BINGMAYONG BOWUGUAN QUANBU JIANCHENG JUNGONG

编写　周丽霞

责任编辑　祖航　蔡大东

出版发行　吉林出版集团股份有限公司

印刷　三河市嵩川印刷有限公司

版次　2010 年 1 月第 1 版　　　　　2022 年 1 月第 9 次印刷

开本　710mm×1000mm　1/16　　　印张　8　字数　69 千

书号　ISBN 978-7-5463-1906-3　　　定价　29. 80 元

社址　吉林省长春市福祉大路 5788 号

电话　0431 – 81629968

电子邮箱　tuzi8818@126. com

前　言

　　自 1949 年 10 月 1 日中华人民共和国成立至今,新中国已走过了 60 年的风雨历程。历史是一面镜子,我们可以从多视角、多侧面对其进行解读。然而有一点是可以肯定的,那就是,半个多世纪以来,在中国共产党的领导下,中国的政治、经济、军事、外交、文化、教育、科技、社会、民生等领域,都发生了深刻的变化,中国人民站起来了,中华民族已屹立于世界民族之林。

　　60 年是短暂的,但这 60 年带给中国的却是极不平凡的。60 年的神州大地经历了沧桑巨变。从开国大典到 60 年国庆盛典,从经济战线上的三大战役到经济总量居世界第三位,从对农业、手工业、资本主义工商业的三大改造到社会主义市场经济体制的基本确立,从宜将剩勇追穷寇到建立了强大的国防军,从废除一切不平等条约到独立自主的和平外交政策,从"双百"方针到体制改革后的文化事业欣欣向荣,从扫除文盲到实施科教兴国战略建设新型国家,从翻身解放到实现小康社会,凡此种种,中国人民在每个领域无不留下发展的足迹,写就不朽的诗篇。

　　60 年的时间在历史的长河中可谓沧海一粟。其间究竟发生了些什么,怎样发生的,过程怎样,结果如何,却非人人都清楚知道的。对此,亲身经历者或可鲜活如昨,但对后来者来说却可能只是一个概念,对某段历史的记忆影像或不存在,或是模糊的。基于此,为了让年轻人,特别是青少年永远铭记共和国这段不朽的历史,我们推出了这套《共和国故事》。

《共和国故事》虽为故事,但却与戏说无关,我们不过是想借助通俗、富于感染力的文字记录这段历史。在丛书的谋篇布局上,我们尽量选取各个时代具有代表性或深具普遍意义的若干事件加以叙述,使其能反映共和国发展的全景和脉络。为了使题目的设置不至于因大而空,我们着眼于每一重大历史事件的缘起、过程、结局、时间、地点、人物等,抓住点滴和些许小事,力求通透。

历史是复杂的,事态的发展因素也是多方面的。由于叙述者的视角、文化构成不同,对事件的认知或有不足,但这不会影响我们对整个历史事件的判断和思考,至于它能否清晰地表达出我们编辑这套书的本意,那只能交给读者去评判了。

这套丛书可谓是一部书写红色记忆的读物,它对于了解共和国的历史、中国共产党的英明领导和中国人民的伟大实践都是不可或缺的。同时,这套丛书又是一套普及性读物,既针对重点阅读人群,也适宜在全民中推广。相信它必将在我国开展的全民阅读活动中发挥大的作用,成为装备中小学图书馆、农家书屋、社区书屋、机关及企事业单位职工图书室、连队图书室等的重点选择对象。

编　者

2010 年 1 月

目录

四、研究规划

一、 考古发现

● 井下突然有人发出惊呼：呀！这是什么？瓦爷！

● 李先念批示：迅速采取措施，妥善保护这一重点文物。

● 秦始皇陵的 17 座殉葬墓，以及秦都咸阳城内的血雨腥风，无不昭示着这种结局的真正原因。

农民挖井发现陶俑秦砖

1974 年初春，严重的旱情威胁着中国西部八百里秦川大地，坐落在骊山脚下的陕西省临潼县西杨村也是地裂苗枯，万木凋敝。

为了抗旱救灾，西杨村生产队队长杨培彦和副队长杨文学带着本队社员四处寻找水源。

3 月 22 日，杨培彦来到柿树园一角的西崖畔上，眼望着这片只长树木、不长庄稼的荒滩，他们决定在这里打一口井，以解决燃眉之急。

杨培彦挥起镢头在脚下石滩上画了一个不规则的圆圈说："依我看，就在这里吧！"

西杨村的杨全义、杨新满、杨志发等 9 个青壮年听到队长吩咐，立即挥动大镢开始挖掘起来。

根据杨培彦的要求，他们要在此处挖一眼直径为 4 米的大井。

西部的早春，天气还有些凉，但杨全义等人脱了外衣还干得热火朝天。当他们挥汗如雨地挖 1 米多深时，出乎意料地发现了一层红土。

这层红土异常坚硬，杨志发一镢头挖下去，只听到"咚"的一声碰撞，火星溅出，却无法穿透。这是一层大约 30 厘米厚的黏合状红土，很像烧窑的盖顶。

但再坚硬的泥土也无法抵挡人手中镢头的进攻，杨志发、杨文海等9人经过一个星期的苦干，这口井就已深入地下近4米。

3月29日，杨志发等3人在井的最底部挖土，地面上有人再把土转运到别处。

11时左右，当杨志发的镢头再抡下去又扬起来的瞬间，井下突然有人发出惊呼："呀！这是什么？瓦爷！"

随着镢头的劈凿、铁锹的挥舞，一个个陶制俑头、一截截残腿断臂、一堆堆俑片，被装进吊筐拉上地面，抛入荒滩野地。

在离地面约5米的深处，大家又发现了青砖铺成的平面台基，同时，还有3个残缺的弩机和无数绿色的青铜箭头。尽管一时还不能辨别是不是秦砖，多数人还是很快将秦砖哄抢一空。

4月25日，晏寨公社管水利建设的干部房树民前来检查工作，看到扔弃在土堆里的瓦人残体觉得奇怪。他下到井底，从井壁抠出半块砖，去掉泥土一看，发现同县文化馆里的秦砖一样。

于是，房树民找到县文化馆的工作人员赵康民一起来到井旁，仔细察看了从井里挖上来的土堆。察看的结果令他们十分震惊。

因为这里距离秦始皇陵有两三公里，在陵区保护范围之外，而这里却出现了大量的陶俑，这是怎么回事呢？

赵康民便把碎片统统收拢集中保管。

他还组织社员收捡散失的陶俑碎片，同时去废品收购站把被农民卖掉的碎片作价收回，然后带领社员用铁筛子把井土全部过筛。许多残砖、陶片，包括陶俑的手指、耳朵等都被筛了出来，他让社员们把破碎瓦片装了满满3架子车，拉到文化馆。

赵康民把这些陶俑残体碎片作了初步整理，意识到这里面大有文章，便亲自到井旁扩大发掘。

此后，赵康民整天在文化馆的文物修复室里忙碌，仔细清理这些缺胳膊少腿的陶俑，像绣花似的进行拼对、粘接。经过他的细致工作，粉身碎骨的陶俑一个个复原了。

他修复的陶俑，竟是英气逼人的武士陶俑。

1986年，时任国务院副总理的谷牧在考察时看到修复的秦俑，对赵康民说："你给国家立了大功。"

新华社记者写出惊人内参

1974 年 5 月底，新华社记者蔺安稳回临潼探望家人。就在这次探亲中，他从妻子口中得知了农民打井挖出陶俑的事。

他当即断言：

> 这是 2000 年前秦代的士兵形象，为国家稀世珍宝。

蔺安稳是临潼县北田乡西渭阳村人，1960 年高中毕业后考入西北政法学院新闻系，毕业后分配到北京新华社总社工作。

6 月 24 日，蔺安稳匆匆乘火车回到北京。当天晚上他来到东单《人民日报》宿舍，找到大学时最要好的同班同学王永安，原原本本地向王讲述了这次返乡的奇遇。

王永安在人民日报社评论部工作，由于工作关系，他听到秦始皇陵附近发现高大的武士俑，立即意识到，这是研究秦始皇的重要实物资料，万万不能放过。

但围绕如何写稿的问题，王永安考虑了一阵又说道："这么重大的考古发现，没有经过省、中央文物考古部门的认定，一下子见报恐有困难，不如先在《人民日报》

发内参，如能引起中央领导的重视，到时再说下一步。"

就这样，王永安将此消息以"秦始皇陵出土一批秦代武士俑"一文发表于《人民日报》内参。

当时，国务院分管这项工作的副总理李先念看到这份内参，立即作了如下批示：

> 建议请文物局与陕西省委一商，迅速采取措施，妥善保护这一重点文物。

李先念将此件批转给分管文物工作的国务院副秘书长吴庆彤和国家文物局局长王冶秋。

王冶秋立即组织一支精干的考古队伍赶赴江西。

7月15日下午，杭德洲、袁仲一等考古队人员来到西杨村。他们参观了赵康民复原的陶俑后，非常高兴。

随后，他们便围绕赵康民原来发掘的俑坑向外扩展。

经过大约半年时间，考古人员大体弄清了俑坑的范围和内容。

这是一个东西长230米、宽62米、距地表4.5米至6.5米，共有6000个左右武士形象的陶俑组成的军阵。如此规模庞大的军阵，令考古人员目瞪口呆。

随后，此坑定名为"秦俑一号坑"。

一号坑坑深5米，面积1.426万平方米，地下坑道为土木结构，东西两侧各有斜坡门道5个，南北两侧各有便门两个，立木封堵门洞，坑上以棚木、芦席、泥土覆盖。坑内每隔 3 米有一道夯土墙，墙间空当处陈列兵马俑，底部铺以青砖。

坑内是由步兵俑和骑兵俑组成的长方形军阵。东端是 3 列面向东的步兵俑横队，每列 70 件，共计 210 件，为军阵的前锋。

其后是骑兵和驷马战车，前后共 38 列纵队，每路长 180 米，战车与步兵相间排列，这是军阵的主体。

军阵的左右两侧各有一列分别面向南北的横队，每队均有武士俑 180 余件，为军阵的侧翼卫队。

西端有 3 列横队，两列面东，一列面西，是军阵的后卫。整个军阵布局严密，酷似整装待发之势。武士俑分别执有不同的青铜兵器，近战的有刀、矛、剑、戟，射击兵器有弓弩和箭镞。

南北两翼后卫部队是军容整肃、气势雄伟的地下军阵。他们是秦始皇当年横扫六合的百万雄师的艺术再现。

这批兵马俑在艺术史上具有很高的考古价值。兵马俑的塑造，是以现实生活为基础而创作的，艺术手法细腻、明快。

陶俑装束、神态都不一样。光是发式就有许多种，手势也各不相同，脸部的表情更是神态各异。

从它们的装束、表情和手势就可以判断出是官还是兵，是步兵还是骑兵。这里有长了胡子的久经沙场的老兵，也有初上战场的青年。

身高达 1.96 米的将军俑，巍然直立，凝神沉思，表露出一种坚毅威武的神情。

那个武士俑，头微微抬起，两眼直视前方，显得意气昂扬而又带有几分稚气。

那个身披坚甲，右手执长矛，左手按车的武士，姿势动作显示出他是保卫的车士俑。总之，陶俑具有鲜明的个性和强烈的时代特征。这批兵马俑是雕塑艺术的宝库，为中华民族灿烂的古老文化增添了光彩，也给世界艺术史补充了光辉的一页。

考古队证实为秦始皇墓葬

考古队对发掘出来的文物进行了分析。

他们认为，从带有花纹的青砖和陶俑的形状可以断定，这个俑坑属于秦代遗迹无疑。但俑坑与秦始皇陵的关系尚难断定，因为这个俑坑距离秦始皇陵内城 1.5 公里多，在这样远的地方放置陶俑陪葬，当时的考古资料还没有发现先例。

尤其令人不能迅速作出结论的是，在秦始皇陵周围分布了许多秦代的大墓葬，这就让考古人员不得不对陶俑与陵墓的从属关系倍加慎重地分析。

正在这时，一把足以揭开谜底的钥匙出现了。

在一个被打碎的陶俑身前，静静地躺着一把未见锈痕、光亮如新的铜戟，戟头由一矛一戈联装而成，顶端戴有类似皮革的护套。戟柄通长 2.88 米，朽木上残留着淡淡的漆皮与彩绘，末端安有铜墩。

从外形可以断定，这是一把典型的秦代铜戟。尤其令人惊喜的是，在戟头的内部鲜亮地刻着"三年相邦吕不韦造寺工口"等珍贵铭文。

这一发现，在提供了确定兵马俑坑为秦始皇陪葬坑重要证据的同时，也再现了 2000 多年前那段风起云涌的历史史实以及在中国历史上两个闪光的名字：秦始皇和吕不韦。

秦俑一号坑中戟与铭文的出现，证实了秦始皇为王初期，吕不韦曾达到了炙手可热的权力高峰，也证实了眼前的兵马俑坑确与 1.5 公里外那座高大的秦始皇陵有着千丝万缕的联系。

据史书记载：秦始皇赢政从 13 岁即位时就开始营建陵园，由丞相李斯主持规划设计，大将章邯监工。修筑时间长达 38 年，工程之浩大、气魄之宏伟，创历代封建统治者奢侈厚葬之先例。当时，秦朝总人口约 2000 万，而筑陵劳役达 72 万之多。

修陵冢用土，取自今陵园以南 2000 米的三刘村到县采石场部之间，有高 5 米至 25 米的多级黄土崖。修陵园所用大量石料取自渭河北的仲山、峻峨山，全靠人力运至临潼，工程十分艰难。工程量之大可想而知。当时，仲山、峻峨山下死尸成片，这从一个侧面显示了整个工程的残酷。

不久，考古人员又在其他出土的兵器上相继发现了秦始皇的纪年，如秦始皇四年、五年、七年、十六年、十七年等等。

吕不韦的名字出现的时间跨度将近 10 年，这 10 年正是他以丞相之职，谋国摄政，登上权力顶峰的时期。而监督制造对国家兴亡极为重要的兵器，正是丞相的职责。

在一个寒冷的下午，考古队又在坑内西南角一个残破的陶俑下，发现了一把镀金的银白色铜剑。

它静静地躺卧在泥土中，尽管经历了2000多年泥水侵蚀的漫长岁月，它依旧闪烁着昔日的雄风华彩，通体光亮如新，寒气逼人。

此剑长达91.3厘米、宽3.2厘米，其形制与长度为典型的秦代精良宝剑。

它的出土，无疑为研究秦代兵器的制造和防腐技术提供了极为珍贵的原始实物证据。同时，它使人们重新忆起了"荆轲刺秦王"那段惊心动魄的故事。

公元前222年，荆轲一人手捧地图从容自若地走向秦国大殿。当他在秦始皇面前将地图缓缓展开时，一把锋利的匕首露了出来，这是燕国太子丹花重金从赵国徐夫人手里购来并让工匠用毒药煨淬过的特殊武器，经过试验，这把匕首只要划破人的皮肤流出血丝，无不当场毙命。

荆轲冲上前去抓住秦始皇的衣袖挥臂欲刺，也就在这一刹那，秦始皇本能地从座椅上跳起来，荆轲抓住他的衣袖，"哧"的一声衣袖断为两截。

秦始皇借机绕宫殿的大柱子奔逃，荆轲紧追不放，情况万分紧急。

奔逃中的秦始皇下意识地伸手去抽身佩的青铜宝剑，可剑身太长，连抽三下都没能出鞘。

在这生死关头，一个宦官大呼："王负剑抽。"

秦始皇听到喊声，猛然醒悟，将佩剑推到身后斜抽出来。随着一道寒光闪过，荆轲的左腿被斩断，顿时血

流如注……

人们对秦始皇所佩宝剑提出了种种疑问，为什么在绕柱奔逃时抽不出剑？负剑抽出又是怎样的一种动作？他的剑何以锋利到足以一次就将荆轲左腿斩为两截的程度？

一号坑出土的青铜剑尽管不能判断是否为秦始皇当年斩荆轲之剑，但可以由此推断他所佩宝剑的长度不下91.3厘米。以秦始皇好大喜功的性格看，他的剑可能比出土青铜剑更长，甚至达到120厘米，这样宽长厚重的兵器悬于腰的旁侧，当身体急剧运动时，势必造成大幅度摆动。随着秦始皇身体不断地前倾，佩剑就势前移，直至胸前。尽管秦始皇身高臂长，但也不能将1米多长的宝剑迅即脱出鞘口。

一号坑青铜剑出土之后，考古人员张占民曾做了一个有趣的试验，他先在桌面上放一叠纸，然后轻轻将剑从纸上划过，其结果是一次居然可以划透19张纸。

后经科学测定，此剑由铜、铅、锡三种金属构成，由于三种金属比例得当，才使秦剑坚硬锋利而又富有韧性，达到了"削铁如泥、断石如粉"的境界。

而使秦剑历2000余年依然光亮如新的秘密，经研究发现，完全归功于剑身表面那层10至15微米的含铬化合物氧化层。化验表明，秦剑已采用了铬盐氧化处理。

令人惊叹和遗憾的是，这种化学镀铬技术，随着青铜兵器退出战争舞台，也随之失传了。直到20世纪30年代，才由德国人重新发现并取得专利权。

至于中国古人是怎样将铬盐氧化物镀于秦剑之上，这个谜至今未解。

二号坑惊现秦代兵马俑

1976 年的春节过后，考古人员发现，就在离一号坑东端北侧约 20 米的地方，居然还深藏着一个俑坑、埋伏着一批兵马。这一天是 1976 年 4 月 23 日，考古人员将这个俑坑编为二号坑。

坑内埋藏木质战车 89 乘，陶俑、陶马 2000 余件，青铜兵器数万件。从整体推断，这是一个由弩兵、轻车兵、车兵、骑兵四个不同兵种组成的大型军阵。

这个军阵与一号坑军阵的不同之处，首先是在最前方的一角排列着一个弓弩手组成的小型方阵。

从文献中可以看出，作为秦代的弓弩手，他们必须是年轻健壮的"材力武猛者"，经过至少两年的培训才可作为射手初入军阵。不难设想的是，二号坑弓弩手的形象正是这些"材力武猛者"的生动写照。

立姿射手体形匀称，身材高大，身高均在 1.80 米以上，面部表情表露出青壮年特有的坚毅与刚强。

而那阵容严谨、姿态整齐的跪姿射手，身着战袍，外披铠甲，身体和手臂向左方倾斜，二目向左前方平视，两手在身的右侧持弓搭箭，背部置有上下两个对称的负矢陶环，每个陶环装置铜镞多达 100 支，其负矢之多，比起当初魏国武卒"负矢五十"的数量多达一倍。

由于射手面容和衣服褶纹不同，使这个特殊军阵在整齐严谨中又充满鲜活的个性，尤其射手头部那向左或向右挽起的高高发髻，髻根均用朱红色丝带系扎，有的飘于肩下，有的似被风吹动向上翻卷，都显得英武神俊。

特别值得注意的是，这个特殊的方阵四周均是持强弩的立姿射手，方阵的中心则为持弓的跪姿射手。

这种并非偶然的列阵方法，明显地告诉现代人古代战争中的程序和步骤。当敌人接近时，立姿射手先发强弩，继之跪姿射手再发弓箭。一起一伏，迭次交换，从而保证矢注不绝，使敌人不得靠近而毙于矢下。

这种善射方法在保持身体平稳、正确击中目标的作用中，具有极为科学的依据。

2000多年后的人民解放军在应用小口径半自动步枪无依托射击中，所采用的跪姿与秦俑弓箭手的动作完全相同。

神奇的地下骑兵军阵从秦始皇兵马俑坑排列的兵阵来看，既有古代兵书所说的"鱼丽阵"的车、步协同的宽大界面，又突破了在二线或三线的兵力配置，从而出现了强大的纵深。

由于步兵和骑兵跻身于战场并日益显示出强大的优越性，才使中国古代那动辄千百乘、大排面密集的车阵战，在中华大地上叱咤风云地度过了十多个世纪之后，不得不相形见绌地退出历史舞台，渐渐在战场上消逝。

而另一种新锐部队——骑兵，开始大规模地驰骋疆场，并迎来了它的黄金时代。

尽管赵武灵王施行的"胡服骑射"被公认为是中国产生骑兵的标志，但它显然处于中国骑兵史上的"童年时期"。

之所以说是童年时期，是因为除在战争中的作用不甚明显外，一个显著的标志是没有马鞍和马镫，武士们只是骑着一匹匹的裸马在作战。

到春秋中期，秦国的骑兵才作为一支能够独立作战的兵种崭露头角。

当然，因时代条件的局限，骑兵发挥不了太明显的作用。直至秦始皇并灭六国的统一战争中，骑兵数量急剧增多，其战斗力也明显加强。

对于强悍的匈奴骑兵，没有一支训练有素、强健精锐的骑兵是难于角逐的。

所以，这时的秦军加强了骑兵部队的建设，并大规模用于军事行动，出现了大将军蒙恬率军击败匈奴骑兵，使之远退漠北，十余年不敢南下的战争盛况。

遗憾的是，古代骑兵的装饰、布局及军阵的风采，随着岁月的流逝而失落于茫茫烟尘之中。秦俑二号坑骑兵俑的出土，为后人无声地打开了一扇神秘的窗户，2000多年前骑兵军阵的一切，再度呈现在世人的面前。

从另一角度观察，秦俑坑的骑兵军阵，完全是模拟现实的艺术再现，每个骑兵的身高都在1.80米以上。

从形体修长匀称、神情机敏灵活，以及身材和面部显示的年龄特点，完全符合兵书所言"选骑士之法，取年四十以下，七尺五寸以上，壮健捷疾，趋绝伦"的要求。

三号坑再现秦军指挥部

1976 年 5 月 11 日，距发现二号坑 18 天后，考古人员于一号兵马俑坑西北侧 25 米处，又探出三号兵马俑坑，这一发现无疑又是一个极大的喜讯。

1977 年 3 月，考古人员对三号兵马俑坑做了小型的试掘，发现这是一个形制和内容完全不同于一、二号坑的奇特的地下营帐。

当它的庐山真面目完全显现出来后，人们才发现，这是一个怪异的俑坑，整个建筑面积仅为 300 平方米，尚不到一号坑的二十分之一。

但它的建筑形制特殊，坑内结构高深莫测，令考古人员一时难以作出确切的结论。

从总体上看，一号俑坑平面呈长方形，二号俑坑平面呈曲尺形，唯有三号俑坑平面属于一个不规则的凹字形。它的东边为一条长 11.2 米、宽 3.7 米的斜坡门道，与门道相对应的为一车马房，两侧各有一东西向厢房，即南厢房与北厢房。

遗憾的是，坑中陶俑保存情况远不及一、二号坑。一号坑陶俑虽然有被破坏的迹象，并有许多陶俑被打碎、陶片被移位、兵器被盗等现象，但这些陶俑头却大部分留在坑内，经过修复后，陶俑缺头者并不多。而三号俑

坑的陶俑大部分没有俑头，陶的马头也同样残缺不全。

由此，考古人员推断，三号俑坑曾遭受过比一、二号俑坑更加严重的洗劫。

然而令人不解的是，三号俑坑的建筑未遭火烧，而是属于木质建筑腐朽后的自然塌陷。这种奇特的现象又成为一个待解之谜。

随着发掘的不断进展，三号俑坑的南半部通道、车马房和北半部得到了大面积的清理，一个古代军阵指挥部的形貌一览无余地展现在世人的面前。

三号俑坑作为古代军阵指挥部完整的实物形象资料，是世界考古史上独一无二的发现。它的建筑布局、车马特点、陶俑排列、兵器配备，都是人们重新认识和研究古代战争及出战仪式等方面难得的珍贵资料。

一幅完整的古代陈兵图显示，一、二、三号兵马俑坑及其内容的排列组合，绝不是无意识或无目的的安置和摆布，而是一个经过深思熟虑奥妙无穷的实战车阵的模拟，是一幅完整的古代陈兵图。

周灭殷的"牧野之战"，只是一种单调的车步配置一线的横排方阵，双方交战时均作全正面冲突，在战术上没有策略性的变化和艺术的表现。

秦俑坑军阵布局和兵种的排列，隐现着一种随战场情况变化而军阵和兵种配置也随之变化的迹象。

执弩的前锋射击后，可随即分开居于两侧给后面的主力让路，骑兵则根据不同的敌情，以迅疾的速度冲出军阵，和步兵主力形成掎角夹击敌人。

这种战术上的变化，在春秋中期的车战中就已开始出现。到战国时期，随着步兵与骑兵的兴起，这种以夹击为队形的阵法渐趋成熟。春秋时期大排面的车阵战已被这种追击、包围、正面进攻的战略战术所替代，兵法中所说的"雁行之阵"也由此形成。

秦俑军阵无疑是已趋成熟的"雁行之阵"的再现。可以想象的是，当战争一经开始，阵前的弓弩手先开弓放矢，以发挥其穿坚摧锐的威力。

一号坑的步兵主力乘机向前推进，二号坑的骑兵与车兵避开敌军正面，以迅猛的特长袭击敌军侧翼，一号坑步兵主力在接敌的同时将队形散开，和车骑兵种共同将敌包围，致使敌军呈困兽之状，从而达到歼灭目的。

一号俑坑是以传统车兵与密集步兵组成庞大军阵，兵力部署相当于二号俑坑兵力的3倍，而二号俑坑则是由弩兵、骑兵、车兵组成的军阵，当二号俑坑兵车、战马以"取锐""迅疾"快速进攻冲入敌阵时，一号坑大军则"无穷如天地，不竭于江河"，与敌军正面交锋。

这种布阵方法，可谓大阵套小阵，大营包小营，阵中有阵，营中有营，互相勾结，又有各自摧锐致师的性能和目标。曲阵的神奇变化，迅疾勇猛；方阵的高深莫测，雄壮威武，使得这个雁行之势攻无不克。

千古一帝秦始皇正是利用这样一支所向披靡的大军席卷天下，成为中国历史上第一个一统天下的皇帝。

殉葬墓群揭秘千年血案

1977 年 10 月，程学华率领的秦陵考古钻探小分队，在陵东又发现了 17 座殉葬墓。这些殉葬墓群为后人打开了一扇透视 2000 年前一段血案的窗户。

秦始皇在出巡途中于沙丘撒手归天，丞相李斯断然决定秘不发丧，知情者仅限于胡亥、赵高和几位近侍。

李斯与赵高秘密筹划后，秦始皇的遗体被放入一辆可调节温度的辒辌车中。放下车帷，其他臣僚都无法知道车内虚实。

每日由近侍照常送饭递水，臣僚奏事及决断皆由胡亥、中车府令赵高和丞相李斯代传批示。

在这新旧政权交替的危急之时，李斯急催赵高速发诏，召扶苏立即赶回咸阳守丧和继承皇位，以免发生不测。

然而，这时的赵高却另有打算。在他的威逼和诱劝下，李斯终于被迫同意篡改了秦始皇的遗诏，派使者赐剑给屯守北疆的公子扶苏，并罗织罪状命他自杀，改立胡亥为皇帝。

为等待扶苏的死讯，车队故意从井陉绕道九原再折回咸阳。

漫长的旅途和酷日的暴晒，使秦始皇的尸体腐烂变

考古发现

质。李斯、赵高命人买来几车鲍鱼随辒辌车同行。以鲍鱼之臭掩饰尸臭，使随行臣僚不致看出破绽。

当车队就要驶进咸阳时，扶苏自杀的消息传来，于是，李斯、赵高才公开秦始皇的死讯。

9 月，将秦始皇早已腐烂的遗体草草葬于骊山陵中。胡亥由此登基称帝。

在赵高的唆使下，胡亥登基后办的第一件大事，就是命人用毒酒将北疆屯边的将军蒙恬赐死，然后将 6 位王子和 10 位公主捕捉，押往长安东南处——杀死。

紧接着，又逮捕 12 位王子押往咸阳闹市斩首示众。其余皇室宗亲，有的被迫自杀，有的则在出逃中被"御林军"截杀。为彻底斩草除根，胡亥下令对朝廷中那些持有异议的臣僚也一一斩杀。

随着秦帝国大厦的倾塌，这段震惊天下的血案也渐渐埋没于岁月的尘埃之中。

然而，程学华率领的秦陵考古钻探小分队，由于在陵东发现了 17 座殉葬墓，又为后人揭开了审视那段血案的帷幕。

考古人员发现，墓葬形制均为带有斜坡墓道的甲字形状，其中斜坡道方圹墓 2 座，斜坡道方圹洞室墓 6 座。

墓的独特形制表示了墓的主人应是皇亲宗室或贵族大臣。从墓中发现的异常讲究的巨大棺椁，也非一般平民所能享用的。

棺内尸骨有的下肢部分被埋入棺旁的黄土，头骨却放在椁室的头箱盖上。

有的尸骨头盖骨在椁室外，其他骨骼却置于椁内。

更为奇特的是，一具尸骨的躯体与四肢相互分离，凌乱地葬于棺内，唯独头颅却在洞室外的填土中。

经考古人员仔细研究后发现，这个头颅的右额骨上有一块折断的箭头，显然是在埋葬前被射入头部的。

在已发掘的8座墓中，共有7具尸骨存在，其中有一座竟找不到一块残骨，却发现了圆首短剑一柄。

一切迹象表明，墓中主人是受到外力打击而死亡的。

证明墓主人是皇亲宗室、臣僚贵族的理由，除独特的斜坡墓道外，考古人员还在墓中发现了极为丰富的金、银、铜、玉、漆器及丝绸残片。

其中一件张口鼓目、神似鲜活的银蟾蜍，口中内侧刻有醒目的"少府"二字，说明此件葬器来自秦代少府或由中央铸铜官署——少府制造，后为墓主人所有。

如此珍贵的器物，亦是平民所难拥有或见到的。

面对这样的历史事实和见证物，不能不令人想起胡亥制造的那场宫廷血案。

这一具具凌乱的尸骨，无疑都是被杀的王子、公主或宗室大臣。

更值得研究者注意的是，考古人员在墓中发现了挖墓人员当时取暖留下的灰烬，这就进一步说明挖墓时间是在冬季，而胡亥诛杀王子、公主、朝廷臣僚的时间也是在冬末春初的寒冷季节。

考古发掘，为秦二世屠杀兄弟姐妹的历史惨案提供了实物的证据。这些实物的证据，似乎在向我们诉说，秦始皇的诸位公子公主，都死于骨肉相残，他们都是在非正常死亡后单独埋葬的。

由此看来，他们死亡的时候，他们的母亲，也就是秦始皇的有子女的后宫们，或许已经过世，或许还在人世间孤独而悲哀地生活着。至于更详细的情况，考古人员暂时无法得到更多的线索。

人们往往把秦帝国短命的原因一味地归结为秦之暴政以及刑罚的残酷、劳役和兵役的繁重，却往往忽略了胡亥篡位后的倒行逆施。

秦始皇陵的 17 座殉葬墓，以及秦都咸阳城内的血雨腥风，无不昭示着这种结局的真正原因。

二、 建馆收藏

● 王学理大声喊道：秦始皇的将士们，委
  屈了。

● 叶剑英禁不住感叹道：经过 2000 年的埋藏
  还这样光亮，真是个奇迹。

国务院决定建立博物馆

1974 年 3 月，陕西省临潼县西杨村发现秦兵马俑的消息引起了中央领导的高度重视，国家文物局立即指示陕西省组织秦始皇陵秦俑考古队正式勘察和清理。

第二年夏天，考古队正在挥汗如雨地进行发掘工作，国家文物事业管理局局长王冶秋专程来到陕西，给大家传达了一个消息。他说，国务院决定建立"秦始皇陵兵马俑遗址博物馆"。

考古队的同志们听到这个消息，心里特别高兴。因为这样，他们挖出来的这些文物就能得到很好的保护了。

11 月 24 日，秦俑博物馆筹建处成立。办公地址设在西安市陕西省文化局招待所。由省文化局办公室主任杨正卿任博物馆筹建处领导小组组长，朱仲安、陈子先、刘最长等人任组员。

1976 年初，陕西省文管会、博物馆的业务人员王学理也来到了"秦俑馆筹建处"。

当时，首要的任务是在秦俑一号坑上盖起大厅。为了方便施工就暂时停止了考古发掘。

王学理来后，秦俑博物馆筹建处施工组组长陈子先就把现场管理的任务交给了王学理，而他只负责西安方面的外联工作。

王学理接受任务后，立即着手为建筑工程队的入驻先做通水、通电、通路和场地平整的先期准备。

　　这时，一号坑东端试掘的陶俑、文物迹象都暴露在光天化日之下。他们对这些文物遗存采取护理之后，就地掩埋。

　　然后，再在"过洞"之上密密麻麻地排铺粗圆木，以避免重型施工工具推土机、卷扬机、吊车和车辆轧在上面损坏文物。

　　对坑上分散着的其他小试掘探方，即把发掘区划分为若干方格，分工发掘，这些方格叫探方，他们也用了同样的办法。

　　在做这些工作时，年轻的王学理大声喊道："秦始皇的将士们，委屈了。为了更加美好的明天，你们不会在下面等待多久。我会用双手，请你们出来的！"

　　同事们听了，都哈哈大笑起来。

　　在一号坑施工作业期间，秦俑考古队转入了"外线"工作，也就是在一号坑周围进行钻探。

　　就在这个时候，秦俑考古队在一号坑东端的北侧约20米处又发现了二号坑，他们随之开始进行"试掘探方"。

　　王学理在筹建施工的空隙，也常常到考古现场，同考古队员屈鸿钧、王玉清等人在一起分析迹象、动手清理陶俑。有时，还去西杨村考古队的住地闲聊。

　　当时，原子物理学家吴健雄女士携儿子和美国儿媳，来到二号坑试掘现场。

王学理给她介绍了秦俑及考古前景。

王学理当时想：美籍华人不远万里来看秦俑，还带着自己的后代，可见他们没有忘"根"。

他尽自己所能，为吴健雄女士等人讲述中国的灿烂文化，讲述秦俑的由来和发掘过程。他的努力受到了吴健雄女士的称赞。

吴健雄女士离开时，不停地对他说："谢谢，谢谢，太感谢你了！"

9月初，秦俑馆基建正式破土动工。

可是，动工之初就遇到一个难题，保护大厅的面积为1.6万平方米，比两个足球场还大。那么，怎样来支撑如此巨大的屋顶呢？

如果采取中间设有立柱的"桁架式"，必然会妨碍观众的视线，还不可避免地会破坏坑里的文物。

经过基建部门研究后，设计人员选择了"三铰拱结构"。

可如此一来，屋顶的全部荷载势必就落在大厅四周的38根拱柱基础上。而且，要立拱柱，同样也得挖坑打基础。如果采用掘土机，对一个个柱坑掏挖，由于柱间距太小而必然彼此贯通，那样一号大厅的墙基就会形成一圈周长600米的长方形大壕沟。这样必然会造成极大的浪费。

为了少花钱多办事，王学理提出，采用了民工承包

挖土方的办法，代替机械挖基槽。

施工组经过研究，同意了他的意见，并要他负责实施。接受任务后，王学理就天天守在施工现场。

人熬瘦了，胡子长长了，但王学理此举却确保了俑坑文物的安全，减少了 62% 的土方量，并为国家节约投资 21.08 万元。

9 月 8 日，陕西省第三建筑工程公司开始浇灌第一个拱柱基础的垫层，它标志着保护大厅从设计图纸变成了使人们能看得见的实物。

9 月底，一座雄伟的占地面积达 1.6 万平方米的一号兵马俑坑遗址大厅竣工。

10 月 1 日，在新中国成立 30 周年大庆的礼炮声中，秦始皇兵马俑坑正式向国内外公开开放。

叶剑英为博物馆题写馆名

1979 年 4 月，中共中央副主席、军委副主席叶剑英元帅来到秦俑发掘工地视察。

此时，一号坑大厅正在兴建，陶俑被回填土覆盖，无法参观。在陪同人员的导引下，叶剑英直奔正在发掘和清理的二号坑。

在这里，叶剑英看到坑中有近百名解放军指战员在翻土、拉车，遂不解地问博物馆筹建组负责人杨正卿，"怎么这里还有军队？"

杨正卿急忙解释："这是驻军的一个连在帮助我们搞考古发掘，他们在这里已有一段时间了。"

叶剑英转过身对陪同前来的驻军首长笑着说："想不到你们还参加了考古工作，干得好啊！"

将要走下高土坡时，叶剑英说："我看这个秦俑坑是我国最大的古代军事博物馆，这里面有学不完的东西，希望今后我军的高级将领都要到这里看一看。"

由于博物馆尚未建成，筹建人员只好把一间破砖房当作临时陈列室接待贵客。因屋子小、空间窄，陈列的文物也较简单，除了几件陶俑，就是十几件兵器。叶剑英来之前，才又加了几件陶马、骑兵俑等文物。

叶剑英走进陈列室，望着刚出土不久的刀、矛、剑、载、戈、殳、弩机、铜镞等完好无损的实战兵器，禁不住叹道："经过 2000 年的埋藏还这样光亮，真是个奇迹。"

叶剑英在高大的陶俑前停下，指着铠甲上明显突出的花穗问道："为什么这件陶俑的铠甲、装饰和那边两件不同？"

"这是个将军俑，铠甲上的花穗是代表等级的。秦代军队不仅兵器精良，战斗力强，而且各种军事制度也比其他六国完善，这代表等级的花穗就是一个例证。"杨正卿回答叶剑英提问的同时，又做了简单的补充。

"秦代军队有多少等级？"叶剑英抬起头询问。

"据史书记载，有 20 个等级，这些等级在秦俑军阵中已做了明确而真实的反映。"杨正卿说。

叶剑英听了沉思片刻，轻声说了个"噢"字，然后转身走出临时陈列室。面对高大秀丽的骊山山顶，叶剑英的思绪又回到现实，他自言自语道："看来没有军衔是不行的。"

这声音极小，似是即兴说出的话语，在场的接待人员和考古人员没有放在心上，更没有领会其背后的真正含义。但叶剑英身边的几位军队高级将领却感到了这句话的分量，并以军人职业的敏锐预感到：中国军队一次大的变革就要来临了。

尽管这场变革在叶剑英来秦俑馆参观的 8 年之后才最终付诸实施，但这几位军队将领此时的预感并没有错。

1988 年 8 月 1 日，中国党、政、军领导人正式决定在人民解放军行列里恢复军衔制。从此，中国军队进入了一个新的时代。

叶剑英参观完毕，上车时又似乎想起了什么，他招招手示意杨正卿走到自己的跟前。

"秦始皇为什么要用兵马俑从葬呢?"叶剑英问。

"他凭借武力统一了六国，死也不忘兵马，这就叫视死如事生。"杨正卿答。

叶剑英点点头又问道:"你们什么时候开馆?"

"今年国庆节。"

"好啊，可是要快! 要快! 要快噢!"叶剑英一口气说出了三个快字，看得出他对兵马俑倾注了很深的感情。

眼看叶剑英就要离开了，杨正卿才想起了一件对博物馆来说很是要紧的大事。

原来，早在秦始皇兵马俑博物馆筹建组成立不久，杨正卿等人就开始琢磨请谁来题写馆名的问题。

由于此前大家知道新中国成立后郭沫若对名胜古迹的题词、题名比较多，就提议找郭老题写这个馆名。

此时的郭沫若年事已高，身患重病，但为了满足秦俑馆的愿望，他在病中艰难地提笔。

1978 年初，筹建处终于收到郭老的手迹。但从笔迹中已能看出郭老病情十分沉重，笔迹已与往日大不相同。

不久，1978 年 6 月 12 日，郭老就与世长辞。他为秦俑馆书写的馆牌，可谓一代大师为我国名胜古迹题词的绝笔，弥足珍贵。为此，秦俑馆筹建处领导决定把它珍藏起来。

这样，筹建处的杨正卿等人再度琢磨题写馆名较合适的人选。

正在这时，听说叶剑英要来工地参观视察的消息，大家一合计，干脆就请叶剑英来题写馆名吧。于是，杨正卿在这个时候急忙提出："叶帅，我们想请您为博物馆题写馆名。"

叶剑英沉思片刻，谦虚地说："我的字可是写得最丑。"

"这是兵马俑博物馆，您是元帅，题字最合适。"杨正卿说着，叫人拿来事先准备好的馆名递了上去。

叶剑英戴上老花镜仔细看了一下，让秘书将纸叠起放入公文包内，说："主席三周年前我不题字，这样吧，三周年后我再写好寄来好吗?"

说完，他握着在场工作人员的手同大家告别，随后乘车而去。

1979 年 10 月 1 日，由叶剑英元帅题写馆名的"秦始皇兵马俑博物馆"正式对外开放。这支秦代的地下大军正式面向世界，接受全人类的检阅。

扩建兵马俑坑遗址大厅

兵马俑博物馆开馆以后，观众如潮，在社会上产生了很大影响，引起了人们的浓烈兴趣。

但兵马俑博物馆初期的建馆方案是 1975 年 10 月拟订并获国家批准的。当时仅发现了一号兵马俑坑，而二号和三号兵马俑坑是 1976 年夏季在考古勘探的过程中才发现的。

这就决定了兵马俑博物馆的一期建设方案是不完备的。一、二、三号兵马俑坑是秦始皇陵园内的一组陪葬坑，三个坑内共有陶俑、陶马约 8000 件，像个庞大的地下军团，也是座古代雕塑艺术的宝库。

如此，兵马俑博物馆原有的建筑规模及较简陋的设施，已不能满足展馆的需求。

把秦始皇兵马俑博物馆建成世界一流的大馆，即刻成为人们十分关注的问题，也成为博物馆全体人员迫切的愿望。

在陕西省政府和国家旅游局的热情关怀和支持下，兵马俑博物馆的二期扩建工程，于 1986 年正式列为陕西省的重点工程项目。

这次的主要工程是建造二号和三号兵马俑坑遗址大厅，以及文物库房、文物综合陈列厅等 20 余项配套设施工程。总建筑面积4.5万平方米，总投资4850万元。

1976年5月至1977年8月，同一号坑一样，在二号坑遗址上开始兴建保护大厅。1994年二号坑大厅主体工程建成，为网架框架结构，建筑面积17万多平方米，总投资约4500万元。它的外观总体上呈古城堡形式。

1994年3月1日，秦俑二号坑发掘工作开工典礼在基本完工的二号坑展览大厅隆重举行，国家文物局局长张德勤亲手把镶起来的发掘执照郑重地交付袁仲一队长，宣布了二号坑发掘工作的正式开始。

二号坑田野考古工程正式发掘从一开始就被列为省、市乃至国家的重大发掘项目并且得到国内外传媒的密切关注。

为了保证发掘工作的规范化、科学化，国家文物局专门成立了二号坑专家组以指导考古发掘，专家组由原国家文物局副局长黄景略先生为组长，组员有徐萍芳、石兴邦、任式楠、胡继高等著名的老一代考古学家和文物保护专家。

秦俑二号坑的发掘工作大体分为两个阶段。第一阶段从1994年3月至1996年年底，主要是对二号坑建筑棚木层以上的发掘和清理。第二阶段，从1997年9月开始，主要是建筑棚木层以下各过洞、开间的陶俑、陶马、战车、兵器等考古遗存的清理工作。

第一阶段的考古工作，考古队从工地现场到资料管理，从文物保护到文物安全等方面，都制定了严格的制度和要求，制定了《二号坑发掘资料工作细则》《二号坑工地管理和安全工作制度》《二号坑发掘绘图工作规范》《二号坑发掘方案说明》《二号坑文物保护方案》等一系列规范制度，开展工作紧张而有秩序。

第一阶段考古工作的主要收获是搞清了二号坑遗址的地层堆积和平面形制，同时揭示了二号坑约 1500 多根的棚木建筑遗迹。

二号坑总平面呈曲尺形，北侧东端有一前凸部分，坑东西最长 94 米，南北最宽 82 米。

二号坑共有门道 11 个，其中东门道 4 个，西门道 5 个，北门道 2 个。

根据试掘方陶俑、陶马及战车的编制，推测二号坑共有车、步、骑、管四个兵种陶俑 939 件，挽车战车和乘骑战马 472 匹，战车 89 乘。

这是一个屯聚待命的阵营体系。为了满足观众早日了解二号坑的希望，二号坑发掘现场同一号坑一样，采取了边发掘边开放的办法，于 1994 年 10 月 14 日正式对外开放。

第二阶段的考古工作，是二号坑发掘清理工作关键的环节。工作开展之前，考古队在原有的制度要求基础上，又制定出《秦俑二号坑第二阶段考古工作细则》，工作要求的具体内容是：

1. 严格按照田野考古发掘堆积进行发掘操

作，把文物安全工作放在第一位。

2. 把发掘工作与研究工作结合起来。

3. 发掘工作与文物保护工作同步进行，工作从发掘环节做起，文物保护专业人员参加发掘现场工作。

4. 捕捉各种各样的考古信息，包括人为的、自然的、物质的、非物质的等。

5. 实行领导干部责任制，干部必须亲自动手，提高清理技术和发掘质量。

第二阶段发掘工作任务的重点是二号坑东北角管兵区域。发掘清理工作分三步进行，第一步是对棚木的细部清理，第二步是对坍塌层的清理，第三步是清理提取清理单位内的考古遗存。

工作中，业务干部认真负责，不辞劳苦，按照队有关规定和要求，对发现的遗迹遗物进行了照相、绘图、录像、文字记录、提取标本等，做了扎实细致的工作。工作中，发现了双层棚木建筑迹象，另外棚木下的几处遗迹也清理了出来，部分陶俑开始露头，使发掘清理工作得以顺利进行。

二号坑的考古工作是兵马俑发掘工作的重要工程，考古队队员把它看作是一种时代所赋予的特殊责任。他们不管是在盛暑伏天，还是严寒冬季，战胜阴暗、潮湿、霉菌滋生的恶劣环境影响，坚守工作岗位，工作严谨有序，一丝不苟，甚至常常忘记休息，有的人还染上疾病，但仍带病坚持工作。

二号坑每一遗迹的清理，每一文物的发现，都留下了考古队员勤奋工作的足迹。二号坑专家组的专家们对他们的工作予以充分的肯定和称赞，来自全国的同行们也给了很高的评价。考古队员们也为能为世界八大奇迹的考古工作贡献一分力量而感到光荣和自豪。

1976 年 6 月，在一号兵马俑坑西端北侧通过考古钻探，又发现了第三号兵马俑坑，两坑相距 25 米，东距二号坑 120 米。

1977 年 3 月至 12 月对三号坑进行了全面发掘，为盖保护大厅，发掘后又作回填处理。

1988 年，保护大厅建成完工，为网架框架结构，建筑面积 1665 平方米，总投资约 450 万元，外观呈上小下大的古墓状。

1989 年，秦俑考古队对已回填的三号兵马俑坑进行第二次考古发掘清理工作。由于是第二次揭露，没有划分考古探方，经过几个月紧张繁忙的工作，发掘清理工作大功告成。

9 月 27 日，三号坑在隆重的仪式中宣告正式对外展览开放。

根据发掘清理所获得的资料，三号坑平面呈凹字形，东西长 17.6 米，南北宽 21.4 米，深约 5 米，坑东边中部有一斜坡门道，面积约 500 平方米，这是一个规模较小的兵马俑坑。

三号坑分南区、北区和中区三部分。

南区共清理出土铠甲兵俑40件。40件兵俑在南区土字形空间，多为内向或相向编制。

北区共清理出22件陶俑，分列南北两行，每行11件，也是相向排列。

中区为战车，车后4名甲士，古时战车乘员一般为3人编制，三号坑为4人，配备特殊。

对于三号坑的性质，有人认为它是统帅一、二号坑的"指挥部"（军幕），也有人认为它是用于祭扫的"军社"，也有人提出它是整体议事之所，具体哪种说法正确，还有待进一步探索和研究。

三号坑大厅修好后，南区和中区的兵马俑已修复归位，北区则为兵马俑出土现状，通过对比，可让观众了解更多的考古工作内容。

三号坑发掘清理工作中获得了许多重要资料，包括10多万字的文字记录和几千份图纸、照片和拓片等。

这些考古资料对全面认识整个秦俑坑，完整地向人们展示秦俑坑的全貌有着重大意义。

建馆收藏

清理和修复秦陵铜车马

秦俑博物馆是一个发展中的博物馆。秦俑考古队1988年归属秦俑馆后,主要负责秦俑馆围墙以内的考古遗存的发掘与清理,秦始皇陵园的调查、钻探、发掘等任务则由隶属陕西省考古研究所的秦陵工作站负责。

秦俑考古队在馆区内除重点进行兵马俑坑发掘外,还配合秦俑二期扩建工程,对发现的一些重要遗址和遗迹进行了随工清理,并且收集了一些很有价值的文物。

1978年6月,秦俑考古队的钻探人员,在秦始皇陵西侧约20米的地方钻探时,在地下7米多深的土层中探出一个金光闪闪的金质马饰,根据其形状和花纹,专家认定该马饰为马络头上的一个金泡。就是这一金泡的发现,揭开了发现秦陵铜车马陪葬坑的序幕。

带着激动与兴奋的心情,考古工作者在发现金泡的区域,重点钻探,8月份,终于探明这里是一个大型陪葬坑,出土时两乘铜车马作面西一前一后纵向排列。

考古工作者把前面的一乘车编为一号车,把其后的一乘车编为二号车。

为了保证秦陵铜车马的安全和发掘清理工作的科学性,1980年12月底,秦俑考古队将发掘出土的这组两乘铜车马整体装箱运入室内,经过7年的清理、修复和保护，两乘铜车马一起正式开展。

通过研究，考古专家发掘出了秦陵铜车马所反映的历史信息和秦代青铜铸造业的科技成就。

一号车为前导车，舆为横长方形，舆中部竖一独杆圆形伞盖，盖径1.22米，御官确立于伞下偏右处，手执六辔，身佩长剑。此外，车舆内还发现一件制作精美、形状完整的铜盾牌，盾牌为"出"字形，四周彩绘几何纹，中间绘变形龙纹。

一号铜车重1061公斤，每件马个体重230公斤，配件3064个。尺寸大小是按实物二分之一比例而缩小的。

根据《后汉书·舆服志》注引蔡邕曰："立乘曰高车，坐乘曰安车。"《晋书·舆服志》又载："坐乘者谓之安车，倚乘者谓之立车，亦谓之高车。"《释姓·释车》曰："高车，其盖高，立乘载之车。"一号车属于上乘，其名称应为"立车"或曰"高车"；二号车属于坐乘，其名称自然谓之"安车"了。

二号车较一号车复杂：分为前后两室，前室较小，仅供驭手一人乘坐，后室状如龟甲，前后室均罩于篷盖之下，具有防风避雨、防尘防晒的实效。御官俑身佩长剑，踞坐于车前室，手中握着辔索。

车舆后室的正前和左右两侧各有一窗户，前窗为刻有菱形花纹的镂空固定窗，左右两边的车窗互相对称，窗子可以开合，既利于通风采光，又利于密护，还有一个重要的作用是可调节室内温度。"开之则凉，闭之则温。"当时把这种车叫作辒辌车，体现了豪华、舒适的特点，据说秦始皇出巡天下时乘坐的就是这种车。

二号铜车马总重量为 1241 公斤，其中马个体重约 230 公斤，御官俑重 51.95 公斤。车总共由 3462 个零部件组成，其中青铜制件 1742 个，金质制件 737 个，银质的制件 983 个。

这辆坐乘车，虽然不一定就是秦始皇本人所乘之车，但从那穹隆式的绣有花纹的篷盖，以及后室内所铺的"文茵"，外加可以启闭的窗户等等来推测，它也是具有很高规格的皇宫府僚所乘之车。

古代等级森严的乘舆制度，到秦始皇时已成定制，其中每乘车构件的质地、车饰、驾车马的数量、颜色等等都有明确规定。在中国考古史上，过去发现过很多商周到汉代的车马坑，但出土的马车是木车真马，腐朽较甚。

秦陵铜车马，鞁具俱全，装饰完整，澄清了古代车制研究方面长期争论的一些学术问题，特别是车舆、马饰各部件的名称，车马的系驾关系等，通过秦陵铜车马都——得到了科学的证明。

另外，秦陵铜车马制作工艺复杂，结构合理，比例准确，铸造精致，综合使用了铸造、焊接、嵌铸、镶嵌以及多种多样的机械连接等工艺技术，凝聚着 2000 多年前金属制造工艺方面的辉煌成就，在中国和世界冶金史与金属工艺史上，占有重要的一页，被誉为"青铜之冠"当之无愧。

恢复兵马俑的本来面目

人们惊叹秦俑军阵的磅礴气势，赞美古代艺术家和能工巧匠的聪明才智。

然而，假若没有现代文物保护工作者的辛勤劳动和现代科学技术的"回天神力"，那么，这些历经2000多年时光侵蚀的数千尊陶俑就不可能重新站立，这项浩大的修复和保护工程也不可能顺利完成。

秦俑在刚从土里被挖出时，远非今天人们所看到的这般威武壮观。

据历史资料记载，秦始皇死后几年的一场大火，严重损坏了他的陵墓并殃及陶俑，砖木结构遭火焚毁，热气引发土层塌落，陶俑被掩埋、撞击，倒在地上变得横七竖八，支离破碎，受害最烈者甚至"粉身碎骨"化为数百块碎片。

据考古队秦俑修复人员介绍，陶俑在出土时绝大多数"缺胳膊少腿，几乎没有完好无损的"。

为了让兵马俑恢复"庐山真面目"，考古队制订了周密的修复方案，并运用了先进的粘接材料和各种技术手段。

他们先在坑内给俑编上序号，然后将大致一起的俑块一层层提出坑来，用小刀和棕刷仔细刮除粘在陶片及茬口上的泥土，用清水洗净后晾干。

接下来的工作便是对茬儿，这是修复工作中最枯燥乏味且最需耐心的工作，要在一堆俑块里找到一块茬口吻合的俑片，有时要用几天的时间。

残片拼对上后，就开始把陶片顺其茬口由下向上逐段进行粘接。所用黏合剂一般为环氧树脂，这是一种性能优良的合成高分子黏合剂，可承受高负荷，并可在各种热、冷、辐射和化学腐蚀的环境中使用，有良好的耐久性。

参观者在展厅中见到的威风凛凛的陶俑都是由几十块以至几百块破碎陶片粘接的。

如一号俑坑的一辆木质战车之后的将军俑及与之配套的驭手俑，就是分别用100多及300多块残片粘接复原的。

在粘接过程中，修复人员还要把俑体分成若干部分进行加固。

为加强粘接后的整体强度，还须在俑的腿、袍、壁、手指等部位的茬口内，用粗细不等的铁丝打上暗芯；在胸腔内壁四周，用数层白布绕粘；躯干的裂纹处要打抓钉、用尼龙绳加固，体表的裂缝还须用石膏、水泥兑水进行修补。

粘接完毕，再用广告色和乳胶调拌，将修补过的地方涂成和俑身相同的颜色。待完成全部修复工作，即可把俑放回到坑内原来的位置上。

人们在游览时看到的兵马俑形神兼备、栩栩如生，丝毫看不出曾经历过"外科大手术"的痕迹，但事实上，"他们"就是由一堆堆残缺不堪的破碎陶片粘接复原的。

数量众多、造型生动、刻画真实精巧的兵马俑是我国历史长河中以写实手法来表现人物的庞大艺术群体。

它们的出土填补了中国古代雕塑史中秦代雕塑史的空白。

据考古学家和秦史专家论证，兵马俑在秦朝安葬时曾有着漂亮的彩绘，个个色彩鲜艳，神态比现在更加逼真。

但由于后来的火烧、土掩和悠悠岁月的侵蚀，使陶俑表层所涂覆的颜料发生变化，造成了剥落或变色。于是，防止彩绘层脱落及色彩复原就成了秦俑保护中的重大难题。

据在实地观看过兵马俑出土的人士介绍，秦兵马俑本当是彩色的军阵，出土时尚有一部分俑体表面可看到类似石青、石绿那种颜色，可惜几天后，水分一挥发，色彩尽失。

专家分析后说，秦俑的彩绘与汉俑、汉唐壁画的制作工艺有区别，在上色前先用生漆和动物胶打了底，出土后涂覆物与空气接触，很易失水、老化，以致干裂、剥落或褪色。

出土文物的保鲜问题一直困扰着国际文物保护界，迄今尚无有效的解决办法。

秦俑博物馆专题科研组与德国文物保护单位合作，经过多年反复试验研究，找到了两种化学药剂，将其分别涂抹在俑片上，让生漆与外界空气隔绝，并采取措施减慢俑片干燥速度。

自涂药后一年多没有出现彩绘层脱落现象，表明此项研究已取得了阶段性成果。

除了防止彩绘层脱落之外，让兵马俑重现光彩是科研工作者全力研究的又一重点内容。

刚从地下挖出来时，尽管许多陶俑仍留有些许本色，但是在出土后的几星期内，这些残留的褪了色的颜料会因暴露于空气中而被迅速氧化成为褐色。

怎样才能让这些举世罕见的艺术珍宝重新"焕发青春"呢？秦俑博物馆开始尝试借助高科技的力量，即用激光催化技术复原色彩。

1987年，发明用激光技术修复古代艺术品的物理学家约翰·阿斯穆斯应邀前来我国，参与秦陵兵马俑色彩复原工程。

在亲临西安秦俑坑实地勘察后，阿斯穆斯认为，秦俑表面的色彩是古人使用从矿物中提取的颜料着色的，色素的化学成分是各种金属氧化物。经历漫长岁月中各种因素的作用，使颜料变质，色彩消退；出土之后，又因迅速发生氧化反应而使残留色素进一步变为更加暗淡的砖灰色。

阿斯穆斯将陶片带回实验室，使用激光催化还原陶片上的古代颜料。他将激光器的功率调小，让颜料浸浴在甲烷气体中，随着低能量激光的照射，奇特的氧化还原反应发生了，并随之带来了奇特的效应：

褪色的颜料重新显现出鲜艳的色彩，而陶片则完好无损。

阿斯穆斯的这项秦始皇陵兵马俑色彩恢复方案荣膺1990年劳力士雄才伟略大奖。

阿斯穆斯仍在继续进行试验研究。人们期待并祝愿这位有创新精神的科学家再接再厉，让秦陵兵马俑重现艳彩、魅力长存！

秦始皇陵兵马俑是我国秦代雕塑艺术的精品。这些数以千计的陶质"秦陵卫士"是以固守咸阳的"御林军"为原型而塑造的：

清一色的关中大汉，个个身高1.80米左右，体态雄健，束发挽髻，方脸宽额，大嘴厚唇，容貌神态各具特色，再现了古代各种官兵的不同性格、不同风度和不同气质，完整而形象地展示了2000多年前秦代军队的服饰、装束、武器、装备、战术特点及编制制度，为研究秦代的历史、军事制度及文化艺术，提供了极为重要的实物资料。

然而，由于兵马俑是泥塑的身躯，其"安全"问题却令文物保护专家们心存忧虑，因为这些"陶制品"怕震动，怕碰撞，易碎、易裂，加上数量庞大，排列密集，一旦发生地震，将产生"多米诺骨牌"效应，导致毁灭性的灾难！

为解决这一难题，西北工业大学力学系组织力量，从事攻关研究，取得阶段性成果。

该校刘生培副教授等人经过两年多的反复试验，设计出一种特殊的减震器。该装置由两层钢板作为骨架，中间装有新型粘接弹性材料制成的球体，减震器钢板可以横跨足踏板的搭扣和秦俑相连，搭扣的办法丝毫不损坏秦俑原物，并可随时拆装；粘接的办法则不碍观瞻。

此项成果已于 1992 年通过了由陕西省文物局组织的技术鉴定。专家们认为，减震器设计新颖，结构合理，可防御烈度七八级的地震，能确保秦俑无碰撞之虞。

此外，由秦俑博物馆专题科研组负责的俑坑土隔架加固工作也已有了进展。

秦俑一号坑内军阵各个纵队之间的土隔架，由于长期暴露，随时有倒塌危险。科研人员通过调查研究，集思广益，找到了一种防倒塌的方法。

他们仿照钢筋混凝土的制作方法，给土隔架增添了一副"铁骨架"，即在土层中部或底部钻槽插入钢筋，后壁贴上铁夹板，形成 U 形或 H 形金属支架，并对露在外面的金属材料进行作旧处理，使之与土色浑然一体。这种机械加固办法已使许多土隔架消除了坍塌的"后顾之忧"，取得了良好的效果。

运用现代技术修葺展厅

秦始皇陵兵马俑的发现，是 20 世纪世界考古史上的伟大奇迹。

1975 年 7 月 21 日，新华社向全世界播发了秦陵兵马俑一号坑发掘的消息。同年 8 月，国家文物局得到聂荣臻元帅的支持，将拟在秦俑坑原址上建立博物馆的报告提交国务院办公会议讨论。

在李先念副总理主持的会议上，确定建立"秦始皇陵兵马俑博物馆"。

秦俑博物馆展厅自 1978 年开始接待参观者，但为了让兵马俑这一闪射中华民族智慧光芒的瑰宝更添艺术魅力，我国政府又调集人力物力财力对俑坑门厅、过厅和铜车马展厅作了修葺和大规模调整，使其面貌焕然一新。

调整后的秦俑展厅陈列充分利用了现代声光技术，发挥了灯光、电视、音响及各种装饰材料的作用。

一号俑坑门厅在聚光灯的照耀下陈列着秦始皇陵园模型，与门厅深处一块高约 3 米的大理石上刻的前言构成一个交相辉映的景观。

大厅的墙上饰有从秦陵出土的秦石、秦盾和秦戈为题材的组合浮雕。

过厅是仿秦俑坑坑道式建筑，墙上饰有秦代蔓纹图案的灯具，层层递进，相互呼应，加强了兵马俑坑雄伟壮观的军阵。

铜车马展厅在原有展厅的基础上，划分出3个不同的空间，形成了门厅、展厅和电视厅。运用现代视听手段，融画面、解说及古典音乐为一体，使观众在有限的空间里得到了更多的知识和美的享受。

铜车马展厅陈列还调整为让部分说明文字脱离了以往放在大版面上的惯例，专门为陈列文字设计了一个低低的斜面。

这样，既调节了视线，又成为整个陈列形式节奏的一个节拍。

总之，整个调整过程显示了现代科学技术的作用，体现了设计者的艺术匠心。通过合理分配有限的空间，让每一寸、每一立方空间都为突出展览主题兵马俑、铜车马和源远流长、绚丽多彩的中华古文化服务。

天下无双的古代奇珍异宝，在现代科技的包装、烘托之下，更加璀璨夺目、光彩照人，从而产生了令人迷恋、陶醉以至流连忘返的艺术效果。

全方位多渠道收集资料

考古发掘资料的科学规范管理是建立秦俑博物馆不可缺少的一个重要环节。

全方位、多角度地收集和科学化、规范化地归档、管理考古发掘资料，不仅是考古工作的基本要求之一，同时也是进一步发掘、研究工作的重要基础。

为了规范秦俑发掘资料的收集工作，确保发掘资料得到全方位的收集，考古队先后制定了《考古发掘资料工作细则》《发掘绘图工作规范》等一系列相关的规章制度，从制度上细化和规范了资料收集的工作方法和具体要求。

同时，在发掘现场的具体操作中，进一步强化考古发掘人员收集资料的意识，使每一名发掘干部都能明确资料工作的性质和工作要求，从思想上认识到资料工作的重要性。

在发掘中，考古队要求每一名干部不仅要细致地做田野发掘清理工作，也要充分做好资料的收集、记录工作。

在后期资料整理期间，明确资料整理工作的时限性，针对资料整理工作的基本要求，要求全体发掘干部都应在每一年度及时整理完成当年的发掘资料，并将资料整理工作的完成情况作为干部年度业务工作评定、考核的重要方面。

良好的制度保障了考古队资料工作的顺利进行，在全体考古队员努力下，发掘资料工作也取得了丰硕的成果，得到了专家的一致好评。

截至2000年，博物馆已整理完成并归档的发掘资料包括：探方发掘日记50余册，70多万字，探方记录25册，近70万字，各类绘图资料数千张，照片资料100余册、8300多张，摄像资料、数码照片资料600余张，扫描归档照片资料近千张。

传统的发掘资料收集手段，一般来说就是文字记录、绘图、照相等几个方面。

为了提高秦俑考古发掘信息的采集水平，及时、有效地多角度、全方位索取珍贵的考古发掘信息，秦俑考古队在发掘工作中不断引入新思维、新方法、新手段，进一步延伸和拓展秦俑考古信息的索取手段。

在发掘资料工作先后引入并逐步完善了数字化摄影、摄像及模型制作等多种手段，如为了全面地记录考古发掘的动态信息，在发掘工作中，考古队将摄像引入资料工作中，并始终贯穿于发掘工作始终，使其成为重要的信息记录手段。

为了保存俑坑棚木层遗迹的各类信息，考古队利用雕塑手段，成功制作出了俑坑棚木层及各类遗迹的模型，探索了一条考古发掘信息记录的新手段。

随着科学技术的发展，秦俑考古队将各类先进的数字化信息记录手段也引入了发掘工作，对秦俑考古信息进行全方位的数字化采集。

如采用数字相机和摄像机进行秦俑考古发掘静态、动态信息的数字化采集、记录，既避免了后期处理归档过程中重要考古信息的信号衰减，同时也可利用专业软件进行图像处理和非线性编辑。

这些资料记录、采集新手段在秦俑考古工作中的应用，不仅提高了秦俑资料工作的现代化水平，同时也使考古队的资料工作迈上新的台阶。

为了规范发掘资料的记录、归档，考古队以国家文物局颁布的《田野发掘工作规程》为标准，并相应地制定了《考古发掘资料工作细则》，在每年的发掘工作总结会中，由馆、队领导和全体发掘干部对资料记录、归档工作进行年度审核、联评，有效地提高了归档资料的规范性。

此外，考古队还专门设置了考古发掘资料室，制定了《考古发掘资料管理细则》等相关制度，并指派专人具体负责发掘资料的归档、管理工作，使发掘资料的管理得以有序进行，提高了资料的管理、利用效率。

在此基础上，为了实现对考古发掘信息的系统化、现代化科学管理，考古队还利用先进的计算机数据库及多媒体技术，开发完成了"秦俑考古发掘信息处理系统"。

借助于这套系统，可以将秦俑考古发掘中的文字、图片、绘图、摄像及声音资料等众多的考古信息全方位地采集，永久性地保存各类考古发掘信息，并对考古发掘信息进行系统化、现代化的科学管理。

这套系统的开发成功和投入使用，改变了考古发掘信息资料管理的传统模式，不仅使秦俑考古发掘资料得到科学、规范、高效的管理，同时也为考古发掘研究提供了充分、可靠的资料保障。

"秦俑考古发掘信息处理系统"是以兵马俑坑及秦始皇陵考古发掘信息为中心开发的考古发掘信息处理系统。因而，在系统功能设置中，以考古发掘信息处理和研究工作为出发点，立足于秦俑考古工作的实际需要进行设计开发。系统操作直观方便，资料输入、检索、统计、打印便捷，查询功能完善、合理，数据检索快捷、灵活、实用，能够充分满足对考古发掘信息科学管理、永久存储及检索和多角度、多层次使用等目的。

根据考古工作的实际需要，在该系统中还设置了独特的发掘报告编辑功能，利用系统数据库的交叉引用技术，使考古工作者在输入选择编辑条件后，能自动从相关数据库中提取信息，对考古文字记录、绘图、照片、表格等多种资料进行快速编辑，从而高效、准确地输出完整的发掘报告。

"秦俑考古发掘信息处理系统"是国内考古界当前唯一采用计算机多媒体技术开发的考古发掘信息处理系统，

该系统的开发研制成功并投入使用，是秦俑馆依靠自身的科研力量进行考古应用软件开发的一次有益尝试，也是将计算机多媒体技术应用到考古工作中的一次探索，对于解决考古发掘过程中各类发掘信息处理的科学化管理，有效地利用考古发掘信息进行考古研究起到了极大的促进作用。

经国家文物局组织专家鉴定组鉴定认为，"秦俑考古发掘信息处理系统"对我国计算机考古具有广泛的指导意义，达到国内领先水平。

● 建馆收藏

三、 开放参观

● 邓小平连声说：真是太好了，我们在秦代就有这么高的科学技术，真是了不起！

● 李光耀说：秦兵马俑的发现是世界的奇迹，民族的骄傲。

● 美国总统比尔·克林顿感慨地说：真希望到这里来当馆长。

党和国家领导人参观博物馆

1979 年 10 月 1 日，正值中华人民共和国成立 30 周年的日子，秦始皇兵马俑博物馆正式开馆对外展出。

秦兵马俑的破土而出，在海内外引起了极大的轰动。千姿百态、神情各异的秦俑展现了秦代劳动人民高超精湛的雕塑技艺，埋在地下 2000 多年的青铜兵器出土后仍闪闪发光、锋利无比，其所达到的古代高度科技令国内外游客倾倒和惊叹。

1980 年盛夏时节，烈日炎炎，暑气逼人，正值党的生日这一天上午，一辆白色小面包车悄然来到了秦始皇兵马俑博物馆。

打开车门，一个熟悉的身影出现在博物馆工作人员面前，有人激动地叫道：

小平同志来啦！

人们急忙迎上来，只见邓小平在陕西省省长于明涛的陪同下，健步走了过来。

因刚开馆一年，接待室十分简陋，没有空调，没有电扇，76 岁高龄的邓小平不住地擦着汗。工作人员只好找来两把扇子给他扇凉，他一再谢绝。

邓小平一边细听秦兵马俑的出土和建馆情况介绍，一边询问如何搞好文物保护的措施。

　　在观看出土文物的时候，工作人员取出一把出土最完整、最光亮的青铜长剑拿给邓小平观赏，并详细做了介绍。

　　这把剑虽然埋在地下 2000 多年，出土时却没有一点锈迹，仍然锋利无比，数枚铜圆，可一剑劈为两半。

　　经中国有色金属研究院、地质科学院用电子控针、激光分析、化学定量测定等手段，检验出这把青铜剑主要含铜、锡、铅等金属成分，还有镍、镁、铝、锌、钒、硅、锰、钛、铬等多种稀有金属，又用铬酸盐和重铬酸盐处理表层，形成一层致密的铬酸盐氧化层，从而增加了剑的防腐抗锈能力。

　　这种铸剑工艺德国在 1937 年，美国在 1950 年才先后申请专利，而我国远在 2000 多年前的秦始皇时代就创造了类似的工艺，这真是世界冶金史上的奇迹！

　　邓小平对这把青铜剑很感兴趣，看得特别仔细，听得特别认真。工作人员请他亲手拿起剑，他却难为情地说："那可不行，你们都戴着手套，我手上有汗，不能拿，会损坏文物的。"

　　工作人员给邓小平戴上手套，邓小平很高兴地将剑接到手中仔细端详并连声说："好、好、真是太好了，我们在秦代就有这么高的科学技术，真是了不起！"

　　令人敬佩的是，邓小平在两天的参观中，始终把自己当作一个普通的观众，不搞前呼后拥，和陪同人员一起乘坐面包车，前面只有一辆普通的北京吉普车带路。

他一再叮咛不要影响接待单位的正常工作，不要干扰群众的参观，体现了伟人深厚的群众观念。

在秦兵马俑坑的考古发掘和博物馆的建立、建设和发展过程中，党中央和地方各级党政领导给予了极大的关怀和支持。叶剑英、邓小平、江泽民、胡耀邦、李先念、杨尚昆、李鹏、朱镕基、乔石、李瑞环、胡锦涛等都先后来馆视察、指导工作。

江泽民总书记还专门为陕西历史博物馆、秦兵马俑博物馆、法门寺博物馆题了词：

> 充分利用地下出土文物这份珍贵的文化遗产，大力弘扬中华民族缔造文明自强不息的爱国精神。

先后担任国家主席的李先念和杨尚昆也分别为秦兵马俑博物馆题词。

李先念的题词是：

> 中国古代劳动人民了不起，冶金工业非常发达，铜车马就是历史见证。

杨尚昆的题词是：

具有历史意义的、伟大的军事博物馆。

1993 年 6 月 12 日，江泽民参观三号坑时，特意招呼傅全有和陈越二位将军仔细观看，并风趣地说："你们二位将军好好研究研究指挥上的韬略。"

时隔 6 年，江泽民再次来到秦俑博物馆。在二号坑展厅门口，当听到吴永琪馆长回答，在秦陵周围已经发现有杀殉陪葬和大量的刑徒墓葬时，江泽民神色黯淡道："这些一定与秦的历史之所以短暂有很大的关系，秦始皇尽管很有韬略，但也应爱惜人民呀！"

在二号坑内，江泽民仔细观看了彩色陶俑。他摘下眼镜，俯下身去，仔细观看保存完好的彩色跪射俑，连连说："了不得，了不得，太伟大了。"

同时他又嘱咐随行人员："小心陶俑，千万注意啊，这可是国宝。"

这一年，国务院总理朱镕基也来到秦俑博物馆。朱镕基对工作人员修复陶俑的精神大加赞赏。

当他看到记者在坑下俑群中忙于照相时，便对他们说："你们赶快从俑群周围让开，不要再照我了，千万别把陶俑碰倒！"

当吴永琪馆长介绍到秦代有"物勒工名，以考其诚"的监督管理制度，在很多陶俑身上都刻有工匠的名字，以备查验时，朱镕基总理诙谐地说："秦代也有承包制。"

国外政要参观秦俑博物馆

1976 年，秦俑博物馆筹建工作开始后，许多慕名而来的人前来参观，每天到工地上的各界人士络绎不绝。

为了满足观众的急切心情，博物馆筹建处派宣教部女讲解员马青云同志承担了讲解接待工作。

在没有展厅、没有讲解稿的情况下，马青云带领着部门的几个负责同志用一个木匣装了几支箭链、一个管机、一个矛头、一段残剑，在地头坑边、树下村落流动讲解，开始了最早的宣教工作。

也就是在这种简陋的条件下，1976 年 5 月 14 日，秦俑馆基建工地迎来了第一位外国领导人，新加坡总理李光耀先生。

当时，秦俑馆的建馆工程正处于紧张时期，为了满足他的愿望，考古人员将已回填的一号坑前端试掘方内的陶俑重新清理出来。

15 时 30 分，国宾车队一行 40 多辆小车载着贵宾驶入基建工地，周围的群众闻风而至，路旁筑起了人墙。

李光耀总理在小小的试掘方坑中仔细观看了 40 多分钟，他激动万分地对身旁的夫人和女儿说："秦兵马俑的发现是世界的奇迹，民族的骄傲。"

李光耀说："我的祖上也是中国人，也有我的一份。"

第二天，报纸上登载了李光耀总理参观秦俑工地的消息和照片，并引用了他对兵马俑的评价：

　　　　这是世界的奇迹，民族的骄傲。

李光耀总理参观秦俑工地的消息在国际上引起了极大的轰动，国外友人接踵而至。

1978 年 9 月 23 日，希拉克以巴黎市市长的身份，在时任副总理邓小平的陪同下，第一次参观西安秦俑博物馆。

当时博物馆正在兴建，兵马俑也正在发掘中，并未对外开放，更未接待过外国来宾。但考虑到希拉克对中国有着深厚感情，陕西方面给予他参观秦兵马俑的特殊待遇。

据当年负责陪同希拉克参观的有关人员回忆，当年接待希拉克时，兵马俑一号坑刚刚成型，二号、三号坑的发掘才刚刚开始，希拉克看到的正是一号坑。

那是下午，西斜的阳光把坑里的兵马俑映衬得特别壮观。看到这栩栩如生的兵马俑及浩大的排列阵势，希拉克十分震惊。

从北侧土路返回时，他语调缓慢而清晰地对中方陪同人员说："世界上现在公认有七大奇迹……而这个发现，可以说是世界第八大奇迹！"

希拉克的这句话当时没被国内的记者听到，也没有引起中方陪同接待人员的重视。

最先将这一评价报道出去的，是随行的法新社驻北京记者乔治·贝泰勒米和《世界报》记者安德烈·帕德卢。

他们的文章在法国刊登后，迅速被世界各大媒体转载或引用。兵马俑由此轰动世界，"世界第八大奇迹"也从此成为秦俑博物馆的广告语在全世界传播。

希拉克对兵马俑的评价并不是信口开河，在时隔13年之后，他又一次发出了同样的感叹。

1991年11月4日，希拉克以法国总理身份访问西安，再次参观了秦俑博物馆。

参观之后，他郑重题词：

　　参观了秦兵马俑，再次证实了这是世界文化遗产的第八大奇迹。以它悠久的历史和实力，完全可以同世界文明古都雅典、罗马、拜占庭媲美。

1979年9月，丹麦女王玛格丽特二世到西安访问，在抵达西安两个半小时后，就驱车前往正在建设中的秦兵马俑博物馆。在一号坑参观时，她突然提出要下坑观赏，通过协商，接待部门破例满足了她的愿望。

丹麦女王兴奋地穿梭于数百个已修复的兵马俑之间，激动地说："我搞了几十年考古，也到过欧洲许多国家的考古工地，从来没有见过这样振奋人心的场面，这里的一切给我留下了永恒纪念。"

1982年9月，朝鲜国家主席金日成由时任我国中央委员会总书记的胡耀邦以及时任中共陕西省委第一书记的马文瑞陪同，到秦俑馆参观。

金日成和其他朝鲜贵宾首先来到一号兵马俑坑。这个坑是1975年开始挖掘的，后来在这里建起了一座长230米、跨度70米、高22米的钢结构展览大厅。大厅两侧设有文物陈列室。

在参观台上，金日成和胡耀邦纵览了兵马俑坑的全貌。

讲解员告诉金日成主席，兵马俑的发掘工作现在仍在继续进行。

金日成说："中国的考古工作者为了兵马俑的建设付出了辛勤的劳动，你们的工作做得很好。"

金日成和胡耀邦等还兴致勃勃地参观了一年多前在秦始皇陵西侧出土的大型铜车、铜马、铜人。讲解员介绍说，这些珍贵文物铸造时代早、工艺精美、保存完好，是我国考古史上的一项重大发现。

在参观结束时，金日成在纪念簿上签了名，他在留言簿上写道：

这是一个伟大的古迹，中国考古工作者付出了辛勤的劳动，讲解员把马讲"活"了，很感动人。

1983 年 5 月，法国总统弗朗索瓦·密特朗抵达西安后，便立即驱车前往秦俑博物馆。

一号俑坑里那些威武雄壮、排列成大型战阵的兵马俑，使密特朗总统赞叹不已。

在参观彩绘铜车马时，密特朗总统俯身对着车轮仔细地端详了好一会，说道："两千多年前，青铜铸造技术达到这样的水平，真不简单，这是个奇迹！"

密特朗总统在欢迎宴会上说："西安是一个有着历史价值的古都，我们今天参观了出土文物秦兵马俑，它表明中国是世界上最先进的国家之一。"

1984 年 4 月，美国总统罗纳德·里根率领着一行300多人的庞大队伍由北京飞到西安，专程参观了兵马俑。

他们首先进入博物馆的主体建筑一号坑展厅。

在这个大厅里，约 600 个已经修复的兵马俑，排列成气势雄壮的阵容，像一支英勇善战的军队，呈现在里根等人的面前。

里根总统立刻显出非常的兴趣，他问解说员："这些兵马俑是不是就在原地出土的？"

解说员给了里根总统肯定的答复。

接着，里根夫人走到坑里，观看那些形象威武、神态各异、栩栩如生的兵俑，连连说："塑得真好！"

走出大厅，里根总统和夫人进入东院小展览室。在这里展出的是被专家们誉为"稀世奇珍"秦陵二号的大型彩绘铜车马。

里根总统好奇地问，这铜车马的车轮能否转动？

一旁带里根总统参观的陕西李庆伟省长告诉他，铜车出土时已经破损，经过修复后能够转动。

里根连连点头说："真好，真好！"

爱好骑马的里根总统对于马俑似乎特别感兴趣，并被特许下坑参观。

里根站在跃跃欲驰的秦俑和陶马前，说："我可以摸摸马吗？"

征得同意后，里根总统小心翼翼地把手放在马背上，一边由前向后地摸着，一边上下打量着马，突然他把手收回来风趣地说："它不会踢我吧？"

在场人都被逗笑了。第二天，一位外国记者撰文诙谐地说，美国总统在拍"中国的马屁"呢！当时他还发现有一个武士俑无头，便问："它为什么没有头？"并开玩笑说："可以把我的头给它安上。"

走出俑坑时，里根总统又回过身把着栏杆，幽默地对兵马俑军阵说："解散！"

随后，里根总统和夫人来到北陈列室，参观了秦俑坑出土的青铜兵器。

临走前，里根夫妇在博物馆的留言簿上签字留念。博物馆向里根总统赠送了刻着他的中文姓名的玉石印章，向总统夫人赠送了刻有"彩虹"两字的印章，并在签字后面盖了章。里根夫妇同声称谢。

1986 年 10 月，英国女王伊丽莎白二世一行来到秦俑博物馆。

在一号坑中，英国女王仔细地欣赏着面目表情各不相同的武士俑，看看这个的发式，看看那个的胡须，反复地对比着，说道："过去我听说过兵马俑，也看到照片，这次亲眼一看，真是惊人。"

女王对陶马也十分感兴趣，说："这马虽然不高大，但是很精神，是匹骏马。"

在铜车马展厅，女王看到了 2000 多年前的宫廷马车，她为铜车马精湛的冶金工艺、高超的造型艺术、雍容华贵的装饰配件感到震惊。女王说："铜车马比我们宫廷的马车还要好！"

时隔 13 年，1999 年 10 月，一批秦兵马俑作为陕西文物精华展的组成部分在英国大英博物馆展出，伊丽莎白女王和江泽民一起出席了开幕式，兵马俑享受了两国元首共同为一个展览剪彩的殊荣。

1986 年 12 月，墨西哥总统米格尔·德拉马德里·乌尔塔多夫妇一行参观了秦俑博物馆，总统参观后在留言簿上写道：

向中国考古学家这一奇迹般的发掘和修复表示祝贺。

墨西哥总统指出："墨中文化历史悠久、古老，有许多相似之处，中国的古老文化同美洲大陆的古文化有很多联系，也有不少未解之谜，我希望我们两国的考古工作能为此做进一步交流。"

后来，经过双方共同努力，以秦兵马俑为主体的陕西文物展和墨西哥玛雅文化展，分别在墨西哥城和秦俑博物馆开展。

1998 年 6 月，美国总统比尔·克林顿夫妇一行参观秦俑博物馆，在一号俑坑贵宾通道上，吴永琪馆长请克林顿总统"检阅我们两千年前的秦国军队"。

克林顿愉快地说："好，这是我做总统应该做的。"

在一号坑里，总统用手轻轻触摸着秦俑，不停地赞叹"非常精彩""不可思议"，并对秦俑的彩绘表现出浓厚的兴趣，详细询问了秦俑面部颜色的情况。

在一号坑修复区，克林顿总统在馆长邀请下，亲手将一个俑头复原到秦俑的身体上，仔细认真地做着调整，使俑头安放得合适稳固。

通过这次简单的"修复"，总统觉得考古工作者能够把如此残破的陶俑修复得完整如初，非常了不起，他说："仿佛看到了真正的修复工作。"

参观过程中，馆长向总统赠送了陶文拓片，当他得知这些拓片的文字就是留在陶俑身上的工匠的名字时，他感到非常惊奇，爱不释手。

克林顿总统告诉吴永琪馆长："我等了 20 多年想要

参观这'世界第八大奇迹',今天终于如愿以偿了。"

在前往铜车马展厅参观的路上,克林顿又感慨地说:"真希望到这里来当馆长。"

离开秦俑馆前,他特意在文物商店与店主砍价,买了尊复制的秦俑头。

2004年10月16日,俄罗斯总统普京参观他向往已久的兵马俑。这支2000多年前的军队让他兴致盎然,一向以冷峻著称的他露出了少见的笑容,他的参观时间比计划延长了一倍。

情报人员出身的普京其观察力从他问的问题就可见一斑:"兵马俑的服装和鞋子为什么各不相同?秦朝士兵是如何进行军需供给的?"

"这些问题都非常专业,之前他肯定研究过秦朝和兵马俑的资料。"工作人员后来回忆说。

曾为发展中美关系作出重要贡献的美国前国务卿基辛格博士,于1979年至1987年间,先后3次参观秦俑馆,留下了"能创造这个灿烂历史的民族,一定能创造出光辉的未来"的赞叹。

卢森堡大公让参观后说:"这些艺术品达到非凡的水平,表现了中国人民非凡的天才,全世界人民都将在此受到鼓舞。"

约旦国王侯赛因赞扬道:"这是劳动人民的智慧,这是人类的财富。古代制造它是伟大的劳动,今天修复它也同样是伟大的劳动。"

美国参议员杰克逊说："一周前我看了埃及的金字塔，今天又看到了中国的秦俑，两者都辉映着悠久的历史。狮身人面像只有一件，而秦兵马俑千姿百态，成千上万，真威武壮观呀。"

瑞典国王卡尔十六世古斯塔夫及王后西尔维亚一走进秦俑接待室就说："这里是我向往已久的地方，我现在怀着急切的心情听你们讲解，一定壮观极了。"

卢森堡首相皮埃尔·维尔纳这样留言："谢谢你们给我看了世界上最好的精品。"

德国前总理科尔说："今天看到了中华民族古老文化和伟大的历史。"

美国前总统尼克松参观后写道：

> 我怀着令人激动的心情，来参观中国的过去，也有机会看到中国的现在，而且意识到未来中国的潜在力量。中国是一个神秘的地方，来一百次也不能对她全面了解。

2008年8月19日，应中国人民外交学会的邀请，英国前首相布莱尔作为奥运会贵宾于8月15日至23日访华。8月18日下午，布莱尔偕同家人专程来陕参观了秦始皇兵马俑博物馆。陕西省省长袁纯清陪同参观。

布莱尔1997年出任英国首相，是20世纪以来英国最年轻的首相。2001年和2005年，布莱尔两次成功连任。

卸任后布莱尔出任了中东问题特使。布莱尔曾四次访问我国，此次系第二次到访陕西。

布莱尔一行当天中午乘机抵达西安后，直接赴秦始皇兵马俑博物馆。袁纯清代表陕西省政府热情欢迎布莱尔一行。袁纯清说，阁下是世界知名的政治领袖，在担任英国首相期间，为推动中英两国关系发展作出了重要贡献。陕西是中华文明重要的发祥地之一，历史上曾有13个朝代在此建都，留下了丰富灿烂的历史文化遗存，秦始皇兵马俑就是其中最杰出的代表。相信通过对兵马俑博物馆的再次参观访问，一定会更加深入地了解中国悠久的历史文明，加强彼此之间的沟通与理解，促进双方关系友好健康发展。

布莱尔说："此次在北京观看奥运会，让我感受到了中国现代和未来发展的巨大潜力。20年前我曾有幸参观过兵马俑，今天又一次来到这里，我再次感受到兵马俑是中国古老文明的最佳展示。现代文明和古老文明交相辉映，让我深切领略到中国这片土地的无限魅力，这是所有中国人民的光荣和骄傲。"

随后，宾主双方一起走进博物馆参观。在一号坑兵马俑军阵前，布莱尔夫妇被威武雄壮的军阵深深吸引，他们饶有兴致地了解了陶俑的形态、服饰以及秦代军队建制等有关情况。

他们走进兵马俑修复区，在俑群中驻足流连，仔细观察每一个陶俑，询问修复工艺，并兴致勃勃地合影留念。

在二号坑，布莱尔夫妇对出土的古代兵器赞叹不已，为其精巧的构思设计和精湛的制作工艺深深折服。在铜车马展厅，他们仔细了解了彩绘铜车马的艺术特征。

在观看了铜车马一号车车柄伞座的装置连接工艺后，布莱尔说："要完成这项工艺即使现在也不是一件容易的事情，而中国早在 2200 年前就做到了，这简直太不可思议了！"随后，布莱尔还参观了秦始皇陵铠甲坑文物，并为博物馆题词留念。

当天晚上，布莱尔一行结束访问乘机返回北京。

由于秦始皇陵及秦兵马俑的深刻历史文化内涵和重要价值在全世界所引起的广泛而巨大的反响，联合国教科文组织于 1987 年 12 月把秦始皇陵及兵马俑坑列入《世界遗产名录》。

这充分表明，秦始皇陵和秦兵马俑不仅是中国人民珍贵的文化遗产，也是世界人民共同的文化财富。

开放参观

两岸各界人士参观兵马俑

2009 年 7 月 13 日，在绵绵细雨中，一支车队向秦始皇兵马俑博物馆出发。

这是参加"情系长安——两岸文化联谊行"的嘉宾们，来自内地和台湾的 100 余位文化界、新闻界、教育界以及社会其他各界人士。他们将在接下来的 10 天时间内，在陕西省进行文化交流和文化参访活动，而秦始皇兵马俑博物馆是他们此次活动的第一站。

清晨，兵马俑博物馆还没开馆，两岸文化交流团的嘉宾们就已经到了，他们成了当天第一批参观者。

在工作人员的陪同下，100 多位两岸文化界知名人士尽情领略了秦始皇兵马俑的雄姿。

来自宝岛台湾的嘉宾们纷纷拿出相机，激动地对着兵马俑拍照，他们还在工作人员的许可下，在距离兵马俑最近的地方和兵马俑合影留念。

访问团中的台湾嘉宾大多是首次参观兵马俑，他们对兵马俑的写实造型艺术和精美的制作工艺啧啧称奇。

而来过西安 6 次的台湾访问团团长程建人说："来陕西一定要来西安，来西安一定要来看兵马俑，但每次来感觉都不一样，每次来我都被深深震撼着。"

程团长还说，此前兵马俑在台湾展出时他也看过，但到西安看现场是完全不同的。

看到栩栩如生的兵马俑跪俑，台湾师范大学美术研究所教授江明贤激动地说："谁说我们古代没有写实艺术，这尊跪俑就是写实艺术最好的证明。"

在参观完兵马俑后，访问团认真听取了"陕西文物与华夏文明"报告会。

秦兵马俑博物馆副馆长田静作了名为"秦兵马俑"的报告，详细介绍了兵马俑被发现和发掘的过程，并用幻灯片的形式展示了在兵马俑考古发掘过程中出土的文物。

随后，陕西省文物局副局长刘云辉作了名为"陕西文物与中华文明"的报告，综合介绍了陕西近年来文物保护和开发的情况。

嘉宾们对兵马俑本身及其知识产权管理、陕西历史文化和考古工作等方面都非常感兴趣。前民进党主席许信良详细询问了陕西境内早期文化融合现象等问题。

还有学者询问兵马俑等文物发掘现场是否可以向台湾学者开放考察，刘云辉当场表示："之前有台湾大学生通过申请来兵马俑考古现场实习，以后也非常欢迎台湾地区有资质的考古专家来陕西参与考古发掘工作。"

台北历史博物馆展览组主任戈思明，表达了进一步加强两岸文化交流的希望。

美"飞虎队"队员向兵马俑敬礼

2005年3月23日，秦始皇兵马俑博物馆迎来了两位特殊的客人。60年前，他们来到西安，协助中国军民抗击日寇侵略。60年后，他们故地重游，深切地感到了西安的巨大变化。

他们是抗日战争时期威名赫赫的美国援华"飞虎队"队员马克·麦克唐纳和保罗·克罗福先生。

马克·麦克唐纳和保罗·克罗福先生是应陕西省国际文化经济交流中心的邀请来西安的。两位老英雄和其亲属一行回到阔别60年的第二故乡中国，受到陕西人民的热烈欢迎。

3月23日上午，"飞虎队"访华团到西安后，参观了大雁塔和秦始皇兵马俑博物馆。

当马克和保罗两位老人走进秦始皇兵马俑博物馆后，作为贵宾，他们被请进一号坑兵马俑修复区，与这些2000多年前的士兵进行了近距离的接触。

两人认真听着讲解，不停地询问相关情况。离开之际，两位二战老兵庄严地向兵马俑敬了个军礼。

友好访华团总领队马宽池说，这次率领两位美前"飞虎队"老战士及其亲属在内的访华团来到中国故地重游，心中感慨万千。事隔60多年，如今再追忆、缅怀那段历史，对巩固中美人民之间的友谊和使两国年轻一代了解历史有着非比寻常的意义。

时年 81 岁的保罗说，他于 1944 年 10 月随美军第五二九飞行中队来到中国，在西安战斗生活了一年半时间，驾机出动 30 余次，主要任务是驾驶"P51"战斗机保护基地并为轰炸机护航，间或执行对地攻击任务。

在 1945 年 7 月 14 日的战斗中，他的战机被击落，被迫跳伞逃生，落在日军占领区里。危急时刻，当地抗日游击队营救了他，并护送他返回了基地。

这次来华前，保罗特意将当年部队配发的求生布条缝制在夹克里，来纪念这段难忘的战斗经历。

这种求生布条大约有一个手帕大小，上面写有"来华作战洋人，军民一体救护"字样。

保罗说，当时的美军"飞虎队"成员都配发了这种求生布条，一旦被迫跳伞落到地面，飞行员便可用它来与当地百姓沟通，请求中国军民的救助。这小小的布条，如今已经成为那段抗战历史的见证。

83 岁的马克则是 1944 年 11 月来到西安的，他的驻扎地在城西老机场附近。

谈起往事，马克显得格外激动。因为他曾经有过一次见到毛主席的经历。

马克说，1945 年 2 月，为了审问日本战俘获取情报，他和战友一起到了延安。在延安附近的一个小村庄里，他见到了毛主席，并且交谈了 10 分钟，向毛主席通报了西安战况。

由于年代久远，马克已经记不清毛泽东具体说了什么，这成了他一个小小的遗憾。

马克说，当时的西安城墙外是一片荒地，而时隔60年，西安发生了巨大的变化，令人十分惊奇和赞叹。秦始皇兵马俑更是漂亮雄伟，让人感受到了中华文化的博大精深。

马克说，当他100岁的时候，要再次来西安，相信那时的西安，一定会更加美丽。

普通百姓心系秦陵兵马俑

1988 年 11 月，西安的天气寒气逼人。

15 日下午，秦俑馆又迎来了游客高峰期。这时，一个中等身材的青年夹杂在人群中走进一号兵马俑展厅。

当要接近俑坑时，他突然从手提兜里掏出一个方形的盒子。这刹那间的非凡举动立即引起了保安人员的注意，保安人员疾步向前将他截留。

"这是什么东西?"保安人员眼里透出警惕的光。

青年人没有吭声，低着头呆呆地望着手中精制的方盒，眼里流出了泪水。

迷惑不解的保卫人员将其领进接待室，交给接待组组长吴晓延。事情很快弄明白了。

原来，青年人叫傅盛智，是安徽省芜湖市造船厂工程师。他手中的方盒不是保卫人员怀疑的爆炸物品，而是盛放着他刚刚去世的妻子骨灰的骨灰盒。

10 月底，傅盛智的妻子，芜湖市计量局工程师李晓梅和她的几个同伴踏上了开往古城西安的列车，去参加国家计量局在西安召开的会议。

行前，她颇有几分激动地同丈夫商量，趁这次机会，要去看看兵马俑军阵的风采和华山的奇险。

这是她久藏心中的愿望。

会议召开的前三天，她和同伴就早早地离开安徽，途中下车登上了华山险峰。

领略了华山的陡峭险峻，观看了日出的磅礴美景后，她随两个同伴向山下走去。

华山奇险，一位女伴脚脖扭伤难以行动，多亏女伴的男友就在身旁。在他的搀扶下，三人缓慢前行。

李晓梅不知不觉地走到了同伴前面。上山与下山的人多得如同搬家的蚂蚁。李晓梅的面前出现了三岔路口，她不假思索地选择了一条看似平坦的石路走去。而后边的两位同伴在混杂的人群中没有发现李晓梅的去向，便沿另一条自认为易行的道路行进。

也许从这时起，悲剧的帷幕就拉开了。当两位同伴回到山下他们住宿的旅馆时，却不见李晓梅的身影。他们赶忙向服务员询问，得到的回答是肯定没见她回来，尽管这时他们有些焦急甚至有些担心，但事实比他们想象得更为悲惨。

两人不顾疲劳和伤痛，沿路返回寻找。直到他们将要到达华山顶峰，仍未见李晓梅的影子。

他们感觉出事了。在极度忧虑中，两位同伴向华山派出所报了案。华山派出所立即派出干警四处寻找。

当夕阳的余晖落在整个华山时，李晓梅被找到了，她躺在道边的丛林里静静地闭着眼睛，永远告别了人世。

据公安部门侦查鉴定，李晓梅系被害而死的。电报拍至安徽芜湖，傅盛智匆匆赶来，经历了一番痛苦的精神折磨后，他强抑哀伤将妻子的遗体就地火化。

现在他抱着爱侣的骨灰盒来到秦俑馆，是为了让妻子完成生前要参观兵马俑军阵的心愿。

接待室内，傅盛智声泪俱下地问："我能不能带着妻子的骨灰盒进去看一眼？"

"可以，但现在游客太多，你先喝点儿水，在这里等一会儿再去吧。"吴晓延极为同情地当场回答。

游客渐渐离去，傅盛智在吴晓延和讲解员陪同下，怀抱骨灰盒来到兵马俑展厅。

讲解员轻抚了一下骨灰盒压低声音说："李晓梅同志，我为您的不幸遭遇而感到痛心。尽管您已去世，但您仍是我们心中最亲爱的观众，愿您的灵魂能看到兵马俑，听见我的讲解。"

讲解员像往常接待贵宾一样，对兵马俑的历史价值、艺术成就、军事意义无一遗漏地做了声情并茂的解说。

傅盛智被深深感动了，热泪唰唰地流下来，滴落在怀抱的骨灰盒上。

他用沙哑的声音轻唤道："晓梅，你听到了吗？这坑有多大，俑有多威武……"

随着傅盛智一声声呼唤，讲解员渐渐停止了解说，她的眼睛湿润了。

"参观"结束了，傅盛智看看手中的骨灰盒，又望望兵马俑军阵，呜咽着说："能不能让我在这儿照张相？"

讲解员拭去眼角的泪珠说："按规定兵马俑大厅只有国家

元首参观才能拍照。不过你的情况特殊，我请示一下领导再回答你。"

讲解员来到了博物馆馆长袁仲一的办公室，说明了一切。

"不管怎么说，他爱人是在陕西境内遇难，咱们该满足他的要求，以慰藉死去的人和活着的人，让他照。"

袁仲一说着，和讲解员一起来到展厅看望傅盛智。同时派人将博物馆陈列部的摄影师高玉英请来为傅盛智和他的亡妻拍照。

随着闪光灯的闪烁，诞生了一张特殊的照片，袁仲一感动得涕泪横流。

每天到秦俑馆参观的人成千上万，他们来自五湖四海，参观的目的千差万别，工作、年龄、文化程度各不相同。但无论对什么人，秦俑馆都一视同仁、热情接待。

1987 年夏，国外一批 20 多人的盲人参观团来到秦俑馆参观。接待盲人参观团，秦俑博物馆尚无先例。

盲人参观团的人员年龄均在 60 岁以上，其中有两位已年过八旬。

秦俑馆工作人员以最大的努力给予这帮特殊观众以热情周到的接待。当他们来到一号俑坑展室时，随着讲解员的解说，他们不断地点头，脸上泛出兴奋的光彩。

讲解结束，参观团陆续退出大厅，从他们的面部表情看得出各人的心中仍装有一份遗憾。

"我冒昧地提出来，能不能让我们摸一下兵马俑?"

接待室里，盲人参观团团长为接待人员提出了个难题。

博物馆领导一研究，对这些特殊的外国客人应特殊接待，尽量满足他们的请求。

但一号坑是不能让他们下去的。一旦这20多位盲人进入站立的秦兵马俑军阵，后果可想而知。唯一可行的是到修复室去摸。此时修复室正在修复一匹陶马和一个陶俑。兵马俱有，摸后的感觉应该是和坑中的兵马俑军阵相同。

20多位盲人被搀扶着走进修复室，工作人员先把俑头放在他们手中，让盲人一一抚摸。随后分成两组，一组摸陶马，一组摸武士俑。盲人们用颤抖的手在陶俑和陶马的上部小心地摸起来。最后几乎所有的盲人都跪在地上紧紧地抱住陶俑、陶马的腿。

"看到了，看到了，全看到了！"八旬老盲人搂住一条马腿，呜咽着叫喊起来。浑浊的泪水，在沧桑与苦难雕刻的脸上刷刷地流淌下来。

一个老太太，抓住武士俑的一只胳臂，将额头依偎在陶俑的胸膛，眸子里闪动着激动的泪光，像个饱受委屈的孩子向2000年前的老人倾吐人生的艰辛。真诚与凄婉之状，令身边的接待人员都忍不住热泪盈眶。

特殊的参观结束了。20多位外国盲人游客不住地躬身，泪水涟涟地向中方工作人员致谢："我看到了，看到了中国的伟大，看到了中国人民友好善良的心！"

对于盲人的热切话语，工作人员并不怀疑，他们确实看到了，看到了古代中国的杰出艺术，也看到了当今中国灿烂的阳光。

自然，他们是用心灵来看待这一切的。或许，心灵的观察和感受要比眼睛所看到的更为深刻、真实和接近生活的原貌。

因为，当残疾束缚着人的生命时，人的内心世界会发生奇特的变异，残疾的制约使他们在生命的跑道上变得更为强悍和机敏，生活中的一切细节都能触动他们敏感的神经和细腻的情感。

透过别人的语言和行动，他们会更深刻地感到真实和可信的是潜藏在心灵深处的人的价值、人的权利和人的尊严的完成与实现。

秦始皇兵马俑在国内巡展

2005 年 3 月 11 日，被誉为"世界第八大奇迹"的秦兵马俑大型国宝文物珍品展在福州福建博物院开幕。

本次展览共挑选秦始皇兵马俑坑和秦始皇陵园出土文物精品 85 件（组），其中包括：各类典型陶俑 19 件，如将军俑、军吏俑、铠甲武士俑、百戏俑等；秦代兵器 8 类数十件（组），如短兵器类的青铜剑、金钩（又称吴钩），长兵器类的青铜铍等；反映秦统一和秦代货币、度量衡制度的典型文物秦半两、秦权及六国货币；秦代刑具、建筑工具、建筑材料、生活器皿、瓦文墓志等；秦陵彩绘铜车马（复制品）及青铜大鼎，前者是有着"青铜之冠"美誉的秦陵彩绘铜车马一号车的原大仿真复制，后者与百戏俑都是秦陵考古的最新发现，也是首次在国内巡回展出。

秦俑的到来，立即在具有 2000 多年的历史文化名城福州吸引了众多市民。

开幕当天，展厅内便迎进数千名心急的观众，他们从四面八方赶来，其中有白发老人，有时尚女士，有大、中、小学的学生等等，人们伫立在一件件精美的文物前，目不转睛地观赏着。大家或细细聆听着讲解员的解说，或轻声交谈，或喃喃自语，或凝神沉思，人人脸上都显

开放参观

示出对中国古代文化的惊叹之色。

在随后的双休日里天不作美，阴雨绵绵，但秦俑展仍迎来了第一个参观高峰，两天里，有近万名市民前来参观。这让当地的工作人员着实感慨了一番："省博已经好久没有这么热闹过了！"

展现在人们眼前的兵马俑其造型多姿多彩，人物性格、神态各具特色，服饰各式各样：

将军俑气宇轩昂，军吏俑恭谨威武，武士俑勇猛干练，御驭手俑沉着谨慎，骑兵俑英姿飒爽，跽坐俑肃穆拘谨，百戏俑姿态别致……各种陶俑惟妙惟肖地真实反映出秦始皇生前统帅百万大军的雄壮气势和秦代宫廷娱乐生活的丰富多彩。

这些如真人般高大的陶俑通体风格浑厚、健美、洗练，然而细细观看，陶俑的脸型、发型、体态、神情却又各有差异，人们似乎能感受到他们不同的遭遇和经历。

那些陶马双耳竖立，有的喷鼻嘶鸣，有的闭嘴静立，让人感觉到强大的艺术魅力。

可以想象在 2000 多年前，曾帮助秦始皇建立第一个统一国家的大军列阵步入大地深处时那种义无反顾的坚定心理。将士们或安详，或警惕，或微笑，或聆听，无不表现出一种所向披靡的大国军队的从容镇定。

千姿百态的造型，栩栩如生的神态，向人们展示着它的神奇和伟大。恢宏磅礴的气势，令大家叹为观止。

面对秦始皇兵马俑，我们可以想见昔日秦帝国的强大与辉煌，更可以感受到先人们高超的智慧和杰出的创造力。

9月28日，为期40天的"秦始皇兵马俑大型国宝文物巡回展"在天津市博物馆开幕。此次展出文物共87件（组），其中国家一级文物21件（组）。展品不仅有兵马俑、青铜兵器，还有不久前在秦陵地区新发现的石铠甲和百戏俑等。

2008年6月3日，强生奥林匹克展示中心和秦始皇兵马俑博物馆在北京共同宣布，他们将于2008年奥运会期间在强生奥林匹克展示中心展出享誉中外的秦始皇兵马俑真品，并举办了活动的启动仪式。

奥运期间参观游客将有幸在北京一睹秦始皇兵马俑风采，其中包括一尊跪射俑，一尊立射俑和两名军官俑以及一个修复中的残俑。

中国奥委会副主席、北京奥组委主席助理屠铭德先生表示："今年夏天中国将站在世界的舞台上，成千上万的中国和世界游客将通过此次展览领略中国最珍贵的历史文物珍宝之一——秦始皇兵马俑的风采。相信此次展览将成为北京奥运会的一大文化亮点。"

强生公司企业事务副总裁包恩玺在致辞中表示，强生公司非常荣幸能在2008年奥运会期间与全世界共同分享秦始皇兵马俑的历史与辉煌。希望能引起更多对于兵马俑的关注，从而帮助秦始皇兵马俑博物馆更好地保护这些珍贵的古代历史遗迹和中国传统文化。

秦始皇兵马俑博物馆副馆长曹玮在致辞中说：

　　作为中国最为珍贵的历史文物的保护者，
秦始皇兵马俑博物馆致力于秦俑及相关文物的
保护工作，确保这一珍贵的人类文化遗产能够
世世代代地延续下去。我们非常珍惜此次机会，
能荣幸地与强生公司以及北京奥组委合作，在
北京向全世界展出秦始皇兵马俑。

　　8月12日，10件来自西安的秦始皇兵马俑真品正式
亮相奥林匹克公园内。

　　这10件真品中，有5件秦俑、4件兵器和一件建筑
用的瓦当。其中，5件秦俑各具特色，它们分别是彩绘跪
射俑、高级铠甲俑、铠甲军吏俑、立射俑及一具残俑。

　　这些俑比真人还要高大，又因为其珍贵无比，所以
运输和安全保护任务极其艰巨。每件秦俑都有量身定做
的文物专用箱，牢牢地将其固定住，然后连夜从西安运
达北京。

　　"这些运输车都由荷枪实弹的保卫人员全程押运。"
强生公司的包雷说。

　　到达北京后，秦俑被安置在奥运展示中心内。该展
示中心耗资2000万美元建设而成，而对于秦俑的保护更
是到了无微不至的地步。

　　"绝对达到了美国第一流博物馆陈列的标准。"负责

这项工作的强生中国奥运项目总经理徐文成说，秦俑被放置在玻璃箱中，对反射线、光照的预防措施都按照最严格的标准。"即使人们照相，也不会对秦俑造成损害。"

秦始皇兵马俑博物馆馆长吴永琪说："我们很高兴借助奥运会这一难得的机会将兵马俑带到北京，让世界人民分享这一宝贵的历史财富。"

秦始皇兵马俑于每天 9 时到 22 时向所有奥林匹克公园内的游客开放，一直到 8 月 23 日。

作为全人类的文化遗产，秦始皇兵马俑不仅属于过去，也属于今天，更属于未来。以巡回展的形式推介兵马俑，除了兵马俑自身的文化价值以及其"世界第八大奇迹"的金字招牌之外，也是新时期对文物展览形式的一次有益尝试。

秦始皇兵马俑是从 2002 年 8 月份开始全国巡展的，是现代中国文物展览史上耗资最大、规模空前、巡展城市最多的一次，总投入超过 1500 万元。

在广大观众对文化生活的需要日益加强的今天，秦始皇兵马俑巡展通过对社会资源的有效整合，使巡展取得了社会效益与经济效益的双赢。

秦始皇兵马俑赴国外巡访

从 20 世纪 80 年代起，秦兵马俑作为"中国人民的文化友好使者"走出国门，到世界上亚、美、欧、大洋四大洲 30 个国家和地区 60 多个城市进行巡回展览。

据不完全统计，海外观众超过 2000 多万人次，外展当地的政要名人都以能参加秦俑展览的开幕式为"殊荣"，争相竞往。当地的新闻媒体也是竞相报道，造成一个个"秦俑轰动效应"。

1983 年 10 月 1 日，中国秦始皇兵马俑展览在日本大阪府大阪城公园开幕。

这次展览是由大阪 21 世纪协会主办。日本著名企业家、21 世纪协会会长松下幸之助在开幕式上讲话说：

> 日本人观赏伟大的中国的文物，学习中国的历史，有助于增进两国人民相互了解和友好。

这次展览得到中日两国政府和很多日本民间组织的大力支持。中国文化部部长朱穆之、中国驻日本大使宋之光和日本首相中曾根康弘、文化厅厅长官铃木勋分别为这次展览题了词。

中国领导人在题词中说，秦始皇兵马俑在日本展出

"是一件很有意义的事情，必将进一步增进中日两国和人民之间的了解、友谊和合作"。

中曾根题词说，在日本第一次举办如此大规模中国兵马俑展览，表明了日中两国之间的文化交流关系之深。

11月20日，秦始皇兵马俑展览在大阪闭幕后，又前往东京、福冈和静冈继续展出。

2006年6月14日，中国秦始皇兵马俑展在位于莫斯科红场的俄罗斯国家历史博物馆隆重开幕。俄罗斯文化和大众传媒部副部长布瑟金、中国驻俄罗斯公使程国平、陕西省文物局局长赵荣、俄中友好协会名誉主席齐赫文斯基院士、俄国家历史博物馆馆长什库尔科以及来自俄中文化、教育、学术、媒体等各界代表共200余人兴致勃勃地观看了展览。

俄罗斯文化和大众传媒部副部长布瑟金热烈祝贺中国秦始皇兵马俑展在俄罗斯开幕。

他说，中国是一个历史悠久、文明灿烂的国家，俄罗斯人民对中国历史文明怀有浓厚兴趣。秦始皇兵马俑展系40年来首次在俄举行，是一件难得和珍贵的大事。

他相信，此次展览将为俄罗斯人民了解中国古老文明打开一扇新的窗户，并为进一步促进中俄人文交流与合作，深化两国人民友谊作出独特的贡献。

程国平公使受刘古昌大使委托在开幕式上发言。他说，中俄两国都有悠久的历史和灿烂的文化，同时又是好邻居、好朋友、好伙伴。在两国元首和政府的共同努力下，中俄友谊在新的历史时期得到不断发展，这符合两国人民的根本利益，对世界和平与发展也有十分重要的意义。文化和人文交流是人民间精神与心灵沟通的重要桥梁和纽带，希望中俄在该领域的合作不断深入发展，以使两国友谊代代相传。

程公使指出，中国秦兵马俑在俄展出正值中国"俄罗斯年"之际，相信中俄"国家年"活动必将全方位、多角度地增进两国人民的彼此了解，并为进一步深化与加强中俄战略协作伙伴关系奠定更加牢固的社会基础。

陕西省文物局局长赵荣应邀在开幕式上致辞。他向来宾们简要介绍了秦兵马俑的历史、文化背景，表示愿与俄方继续努力，为进一步加强中俄文化交流作出新贡献。

此次秦始皇兵马俑展由俄罗斯文化和大众传媒署、俄文化和电影署、俄国家历史博物馆、中国国家文物局、陕西省文物局、中国驻俄罗斯大使馆联合主办。

2007年3月3日，中国秦兵马俑展在马耳他共和国首都瓦莱塔的马耳他国家考古博物馆隆重开幕。

马耳他总理劳伦斯·冈奇、旅游文化部部长弗朗西斯·迪麦克、中国驻马耳他大使刘正修和马耳他驻中国大使雪瑞布出席了开幕式。冈奇总理、迪麦克部长和刘正修大使在开幕式上致辞。陕西省文物局代表团一行五人专程赴瓦莱塔参加开幕式。

冈奇总理在致辞中积极评价中马两国的友好关系，

感谢中国对马耳他的支持与帮助。他说，中马双方在互相尊重、平等相待的基础上，各领域的关系持续、稳定发展。冈奇总理表示很高兴能够在马耳他看到兵马俑展，他说，这个展览使马耳他民众有机会亲眼看到兵马俑、亲身体验悠久灿烂的中国历史与文化。

中国秦兵马俑展由陕西省文物局与马耳他遗产委员会联合举办，展期5个月。此次展览的参展文物共有80件（组），其中一级品14件。展品来自以秦始皇兵马俑博物馆为首的陕西省内众多知名博物馆，汇集了陕西省境内出土的以秦兵马俑为代表的秦汉时代的文物精品。这些展品不仅代表着秦汉时代中华文明的最高水平，同时也是世界文化遗产的奇葩。

中国秦兵马俑展是以庆祝中华人民共和国与马耳他共和国建交35周年为契机，首次在马耳他举办的中国秦汉文物珍品展。

中国秦兵马俑展在马耳他共和国的首次展出，使得古代长安的秦汉文明与地中海的古代文明在历史名城瓦莱塔会合与碰撞。两种文明交相辉映，各领风骚，堪称是中马两国文化交流史上的一件盛事。

2007年9月13日，随着英国首相布朗为一只绣狮"点睛"，英国人期待已久的文化大展——大英博物馆主办的"秦始皇：中国兵马俑"展在伦敦正式对公众开放。中国第一个皇帝秦始皇"率领"他的士兵、文官、乐师们，在大英博物馆与观众作长达半年的"亲密接触"。

布朗首相在致辞中说：

　　围绕两千多年前第一个统一中国的皇帝的展览将成为中国和英国文化交流日益加强的又一个见证，而今天对英国人来说无疑是一个伟大的日子。

英国首相布朗在被命名为"第一个皇帝和中国的兵马俑"的展览的开幕式上的一席话引起了一片掌声。

布朗说，2000多年前中国这个伟大的皇帝首次统一了中国，统一了中国货币、度量衡，建立了完整的文官体系，他留给我们的伟大遗产之一就是气势磅礴的兵马俑。

这位英国首相说，秦始皇兵马俑展览将和明年在英国进行的"时代中国"大型中国文化交流活动，及北京和伦敦先后在2008年和2012年主办奥运会的事实一起，将两国文化交流推向高潮。

此次赴英的展品除20件兵马俑之外，还有其他100种文物，包括唱俑、杂技俑、兵器、青铜器、玉器、陶器等，向观众全方位展示中国秦朝时期的军事、文化、科技以及社会生活。虽然展览将持续到2008年4月6日，但英国观众还是早早地预购门票，10万张预售票轻易打破了大英博物馆的纪录。

秦始皇兵马俑博物馆文物保管部主任赵昆表示："这

是迄今为止在中国之外举行的规模最大的兵马俑展。"

　　为了保证安全，包装这 120 件展品共花了 10 天，8 月 21 日，远涉重洋，秦始皇兵马俑中的射手、武士、马匹抵达大英博物馆，并进行拆箱。

　　英国人期待已久的"中国第一位皇帝的军队"被小心翼翼地从黑暗的运输木箱中取出，"走向"大英博物馆阅览大厅——这是 2000 年来他们二度从黑暗中再见天日。在拆箱的那一刻，兵马俑仿佛都具有生命，脸部表情似乎还流露出长途颠簸的疲惫，身体被狭小空间束缚后，终于开始舒展，透出英武之气。

　　为了让英国观众能看到最具代表性的兵马俑，大英博物馆经过细心挑选，最终，从这支庞然大军中脱颖而出的"精兵强将"，被装了整整四大集装箱，从西安浩荡出发。除了军队、战车，还有特别挑选的青铜飞鸟。

　　由于"整个秦始皇兵马俑可以覆盖一座英国剑桥大学"，大英博物馆为此斥资 1 亿英镑装修阅览室作为展厅，主要是考虑到它圆形的天顶和中国传统的墓冢有几分相似。为了展示这支重量级的"军队"，博物馆还特别加固了阅览室地板。

　　展览还没有开幕时，就在英国引起了不小的轰动。大英博物馆内外提前张贴许多海报，售出 5 万多张预售门票，突破大英博物馆预售门票的纪录。

　　博物馆发言人表示："这个现象绝对令人惊讶，人们对它发烧了。"

此后，6个月的展出迎来了40万参观者，每个小时就有400人进入博物馆。大英博物馆参观的全票是12英镑，不过16岁以下的孩子将免费，当时有1万所学校让学生参观了"世界八大奇迹"。

事实上，"发烧"的不仅仅是英国公众，大英博物馆也当了一次"发烧友"。

博物馆的图书阅览大厅久负盛名，是19世纪许多著名思想家经常光顾的地方。卡尔·马克思就曾经在此写作巨著《资本论》。大英博物馆建馆200多年来，阅览大厅的崇高地位使它一直被刻意保护，从未被改建过，更没有被作为展厅使用过。

但是此次阅览室被改成了临时展厅，迎接中国第一个皇帝留下的财富的到来。这个历史上赫赫有名的阅览室甚至为此次展览专门搭建了一个舞台，展览过后再拆除。另外，该馆还在大厅加装了空调设备及安全保护设备，改建工程大约花费了200万英镑。

阅览室位于大英博物馆的中心，通风和采光条件良好，为兵马俑文物提供了一个良好的外部环境。自从举办过图坦卡蒙法老展之后，这是大英博物馆迎来的最重要的展览。

走进阅览室，只见这个30多米高的空间搭建了一层临时展区。拾级而上，首先映入眼帘的是一座半跪着的兵马俑。周围有展柜存放小件文物，展板详细解说秦代历史、秦始皇生平事迹，展厅墙上也有大屏幕用幻灯片循环播放相关内容。

进到展厅中央，可看到由士兵、军官、战车、马匹等兵马俑以及小号铜车马组成的编队。在昏暗的灯光、圆形穹顶的笼罩下，这些秦始皇的卫士们看起来仍然雄风不减，表情栩栩如生。

据馆员介绍，展厅的灯光布置就是要达到一种让人置身于陵墓中的效果。

大英博物馆馆长麦克格瑞格早前在兵马俑展览新闻发布会上说：

这个展览是关于一个改变世界的人的，2000多年前这个人改变了历史，他首创了"中国"这个概念，建立了世界现存的最古老的政治实体。现在的中国仍然看得到很多秦始皇时代的特点。

麦克格瑞格认为，极为重要的是，为了让人们更好地理解当今的中国，最好让他们了解这段历史。

兵马俑展作为第一个在阅览大厅展出的展览将被大英博物馆写入史册。

2009年，秦始皇兵马俑远渡重洋前往美国展出。在美国休斯敦自然科学博物馆参观券上，印着这样几句话：

用320万磅黏土制成！经2000度（华氏）

高温烧成！花了 2000 年才找到！你一生只有一次机会看到！

在美国休斯敦和华盛顿的展出，是迄今为止秦始皇兵马俑在中国以外地区最大规模的巡回展出。从这句煞费苦心的广告语中，足以感受到博物馆为这次展览所做的近半年努力。

西安兵马俑博物馆副馆长田静介绍说，其实，兵马俑与美国人民的交流早在兵马俑博物馆建立前就已经开始了，并一直在中美之间扮演着文化使者的角色。

秦兵马俑于 1974 年破土而出，两年后——当时兵马俑博物馆还未建成——兵马俑就跟随"中华人民共和国出土文物展"在美国大都会博物馆进行了首次展出。

"当时仅去了一件陶俑。"田静说，"1976 年的这次展览第一次让外国人见到了如此高大的秦俑。当时的舆论都觉得，中国的艺术品真是了不起。"

后来，在秦兵马俑博物馆的建设过程中，一个西方记者于 1978 年在美国《国家地理》杂志上刊发了他在秦俑坑现场的所见所闻，详细描述了秦兵马俑发现的壮观场面，并配发了大量鲜活图片。由此，更多的西方民众知道了兵马俑的存在。

2009 年是西安兵马俑博物馆建成 30 周年。在这 30 年中，兵马俑的挖掘、研究和保护工作一直在不间断地进行。如今，已经挖掘出土、并修复完成的兵马俑约

2000 件。在 2000 件左右的珍品中，被"派送"出国的陶俑是根据什么原则选出的呢？

"我们会根据国外展览的主题进行不同组合。"田静透露，每次到外国展览的兵马俑并非是同一批秦俑。细分起来，级别上，有高级将军俑、中级军官俑和普通士兵俑；兵种上，有步兵俑、骑兵俑、车兵俑等。由于每次展览的需求都不同，所选用的陶俑也不同。

田静特别提到，即使是同一批陶俑，在各个不同博物馆展出时的陈列方式、设计方案也有区别。

"在亚特兰大看过展览后，再到休斯敦看就会有不同的感受。"正如一位美国观众所说，"看兵马俑展览一千次都不算多，每一次都能发现新的东西。"

田静说，非常好的视觉效果是秦兵马俑的重要吸引力之一，相比其他体积较小的汉陶俑和婀娜多姿的唐俑，高大的秦俑很容易引起人们心灵的震撼。很多外国人在当地看完展览后，都亲自前往兵马俑的故乡感觉更加宏伟的秦俑现场。

此外，很多人留意到，在一些高级别的展览中，有时会用制作精良的高仿品替代真品展出。兵马俑在国外的展览有时也会有这样的情况，并进行明确标注。

田静说，在美国展出的铜车马即是复制品，因为西安兵马俑博物馆也只有一套铜车马。不过，"大多数都是真品，作为世界文化遗产，还是会把最原始的文物展现给观众"。

每次兵马俑赴海外展出，兵马俑博物馆都会派出文物保护人员进行全程跟踪。无论是包装、运输、装卸，还是布展、展出，所有环节都要考虑周全。

一旦确定展出哪些陶俑，在包装之前，文物专家会对其进行加固。"因为陶俑都是修复起来的，加固措施是为了确保文物能够坚固一些。"之后，专家会根据兵马俑尺寸特制泡沫塑料，并在装箱过程中填充辅助防震材料，同时要求由专门从事文物展品包装工作的单位或专人负责包装。

以陶马为例，一个独立陶马重达 200 公斤，加上集装箱和填充材料就有 400 公斤。对于如此高大沉重的文物，工作人员首先把兵马俑放在木头底座上，然后套上依据尺寸特制的泡沫塑料，再用海绵填塞其头部、背部和箱子之间的空隙。最后，用特制绳索牢牢捆住兵马俑的上半身和膝盖。由于起运时必须平缓，因此要使用机器而非人工起运。

运输程序上也有严格要求。文物在运送过程中最怕震动，因此，要求货车时速不超过每小时 60 公里。运送车辆要使用最为先进的文物专用运输车，不但有防震、恒温功能，车厢周围还装有安全系统围板。运输中，也会有安保人员全程保卫。

此外，国外展出多是长途跋涉，坐飞机是免不了的。但在飞机着陆的一瞬间，文物极易造成损伤。所以，包装时对抗震性也会考虑进去。

针对不同借展国家和展出环境，西安兵马俑博物馆方面也提出了精确要求：展出灯光必须为冷光源；运输中直至回归，特殊文物保持恒温恒湿的条件；中方技术人员定期对展出地进行监控。

秦始皇兵马俑举世闻名，想邀请其前去的各国博物馆当然也为数不少。如何对这些博物馆进行选择，排好兵马俑国外展览档期，也是兵马俑博物馆慎重考虑的问题。

由于要确保文物出国后的安全，对于国外博物馆选择的首要条件是正规、有影响力的博物馆，例如美国大都会博物馆或者英国大英博物馆。普通博物馆则需要由该国相关的主管政府部门进行担保，确保一旦发生意外，文物也能够安全返回。例如，某个国家如果发生动乱或者其他不安全因素，担保单位应该督促并协调办理文物安全返回。

此外，"文物很多时候会在国外待上一年半载，难免会有一些不可预见的因素出现"。所以对博物馆自身的安保条件要求十分严格，确保展出过程中不会发生丢失现象。中方人员还会每隔一两个月就奔赴展出现场，以监测文物是否安全。

最后，中方还要在展出过程中找保险公司给予担保。例如，2007 年兵马俑赴大英博物馆展出时，英国政府就提供了全部的财务损坏保险，其中一件跪射俑的保险金额达到了 320 万美元。

对于那些不能远赴西安的人来说，把从出土文物中挑选出来的精品进行展览，可以让他们大饱眼福。由大英博物馆组织的名为"始皇帝"的展览，在伦敦展出之后会转移到亚特兰大高等艺术博物馆。第二场名为"兵马俑"的展览，在加利福尼亚圣安娜市的宝尔博物馆拉开帷幕后，又在休斯敦自然博物馆展出。一直到 10 月 18 日，随后将转移到华盛顿特区的美国地理学会博物馆，在那里从 11 月 19 日一直展出到 2010 年的 3 月 31 日。

据《史密森》杂志 2009 年第七期介绍，此次展览除了展出最新的考古发现之外，很多精品还是首次出国。比如战壕中的一组 9 名陶俑像，其中有全副武装的军官、步兵、直立和屈膝的射手，旁边还有一匹马。

另一个亮点是一对约 3 米长做工精湛的 4 匹马拉青铜战车，由于原件太过精细，不易长途运输，故以复制品代替。这些艺术品得以吸引世界各地游客前往西安一睹出土宝藏风采，原出土地埋藏在地下 7000 余件武士俑中 1900 多件已经挖掘出土。当时出土文物显示，除了陶制士兵，秦始皇"地下王国"还居住着铜质水禽和演奏乐曲的陶制乐师，可谓是他生前宫廷生活的缩影。

"我们发现，地下世界其实在模仿现实的秦朝社会组织结构，"兵马俑考古队队长陕西考古研究所的段清波说道，"人们一般认为，秦始皇死后把军队带进了坟墓，其实他把整个政治体系都带到了地下。"

四、 研究规划

● 博物馆负责人说：博物馆的建筑非常结实，只有少量兵马俑受到了损坏。

● 博物馆副馆长曹玮说：通过设立奖项、奖学金和资格认证可以推动科研事业的发展。

● 考古执行队长许卫红说：像这次发现的圆形木环很少见。

秦兵马俑二号坑闭馆维修

从 2007 年 11 月 1 日起，前往西安秦始皇兵马俑博物馆参观的游客，只能在博物馆的精品展示厅里一睹二号坑跪射俑等文物的相关图片了。

由于屋顶多处漏雨，西安秦始皇兵马俑博物馆决定从 1 日起封闭二号坑，对兵马俑二号坑的屋顶进行翻新，将原来的屋顶揭掉，重新铺设。此项修复工作到 2008 年五一黄金周之前全部结束，并恢复向海内外游客开放。

"一号坑就没有这样的问题。"博物馆基建科的工作人员说。封闭维修的主要原因是现在的二号坑屋顶有一些地方漏雨，为了及时遏止漏雨点的进一步扩大，博物馆方面遂决定进行全封闭维修。

秦始皇兵马俑二号坑展厅的主体及网架工程 1990 年完工，建筑总面积 17934 平方米，为网架结构，屋顶铺设了轻型屋面板，上面还加铺了一层防水卷材。长期以来，由于防水卷材在复合板的搭接处被重复拉裂导致雨水渗入，防水卷材有老化现象，个别复合板已塌陷变形，且发现屋面卷材与粘接的复合板已出现剥离现象。

"2005 年夏秋暴雨时漏雨比较严重，较严重的区域分布在建筑南北两侧和东南部。博物馆曾多次聘请专家对漏雨的地方进行检测和修补，但效果不是特别理想。"这位工作人员把二号坑屋顶与一号坑屋顶进行了比较，"一号坑展厅的屋顶坡度很大，是尖顶建筑，而二号厅屋顶就较为平缓，客观上造成雨季容易积水。"因此，在经过多方研究之后，博物馆决定将原来的屋顶揭掉，重新铺设。

二号坑展厅维修期间采取全封闭方案，以保证在工程进行时，遗址坑里的文物不会被粉尘所损坏。

博物馆采取 4 条措施来协调维修和展览的需要。

"首先是全覆盖和封闭式的施工方式，这期间二号坑的一切游览和考古活动都完全停止。第二，为了防止不知情的游客误闯，博物馆已经在外围设置了隔离带，确保不会发生意外。第三，二号坑附近设立了醒目的导向牌和警示标志，提醒游客此处正在进行施工。最后，跪射俑、将军俑等驰名中外的著名文物，博物馆已经在入口处的精品展示厅里安排了专题展区，保证慕名而来的游客不会失望而归。"

该工作人员表示，选择在 11 月开始维修，也是考虑到冬季少雨，方便工程施工。

此次二号坑遗址的新屋顶将采取新型钢结构材料，并进行严格的防腐、防火和防水处理，还配合使用新型屋面材料、地板和保温材料，为二号坑里已度过数千年岁月的文物建造一个科学合理的"新家"，这一工程的中标价达 1600 多万元。

研究规划

保护受地震损毁的兵马俑

2008 年 5 月 12 日，四川发生 8 级强烈地震时，位于陕西的秦始皇兵马俑也受到波及。

陕西省文物局办公室贾主任说，总的来看，秦始皇兵马俑受到的影响并不大。由于大部分兵马俑为陶制品，属于可移动文物，会出现移位、脱胶、裂缝、断裂等情况。其中，秦俑博物馆一号坑两件陶俑俑头偏斜；二号坑中的中级军吏俑向右倾斜约 5 度；三号坑中，一件陶俑脚踏板、一件陶俑右披膊、一匹马头部及下颌部有轻度裂缝，一匹马右前腿从原修复处开裂。

秦始皇兵马俑博物馆建在秦始皇陵的兵马俑坑遗址上，位于陕西省临潼县东 7.5 公里的骊山北麓。

博物馆负责人说，正是靠着骊山的一大片平原，所以汶川地震时只是感觉晃了一下，博物馆的建筑非常结实，只有少量兵马俑受到了损坏。

这位负责人介绍说，兵马俑体现了秦始皇时期的连接技术，每个兵马俑的身体是整体制作的，而头和手是后期拼接的，所以地震后，兵马俑的"头歪了"，部分地方出现了裂纹。

地震发生后，陕西省文物局在第一时间采取紧急措施，开展抗震救灾工作，启动应急预案，要求全省文物

系统及时开展抗震救灾工作，并紧急抽调了文物保护、建筑规划、结构力学等方面的专家组成文物防震救灾专家组，现场评估灾害损失情况。

陕西省文物局办公室罗主任介绍，文物保护一定要谨慎处理，将对已损文物分类排队，逐项评估，制订近期与长期修复计划，采取有效措施对受损文物进行抢险维修。

他说："对险情较重的建筑暂停对外开放。防止雨水对室内木构架、彩画、壁画、塑像等造成损害。"

对建筑墙体裂缝，地基开裂、下陷的文物，组织专业技术人员用仪器观测，为下一步抢险维修提供可靠的科学依据。

另外，对重要的、受损严重的文物，通过专家评估，确定危险程度，再上报国家文物局列入抢修计划，安排落实抢险经费。

按计划建造秦陵遗址公园

四川特大地震发生后，正在实施的秦始皇陵遗址公园建造工程能否继续进行，引起了人们的关注。

2008 年 6 月 3 日，针对人们的疑问，秦始皇兵马俑博物馆副馆长曹玮在北京说："此次汶川地震对于秦始皇兵马俑博物馆造成的影响并未如先前媒体所描述的那样严重，酝酿已久的秦始皇陵遗址公园项目进入了实质性操作阶段，覆盖于黄土之下的各种陪葬坑将有望实施进一步的勘探与发掘。"

曹玮是借强生公司和秦始皇兵马俑博物馆全球文物保护基金平台启动仪式举行之际发表的上述讲话。他说，秦始皇陵遗址公园的工作重点不会置于偶发的更高级别的防震措施上。

秦始皇陵遗址公园项目于 2003 年启动，正在进行面积近 3 平方公里的征地拆迁工作，以后这部分区域连同已有的兵马俑陪葬坑和秦始皇陵区将连接成片，构成更大规模的遗址公园，实施"一院多馆"的一体化全面文物保护体系和遗址展示群，而相应的遗址内城的文物勘探工作也会进一步展开。

从 1974 年兵马俑发现，迄今为止在秦始皇陵附近已经勘探发现各种陪葬坑礼制建筑遗址 600 余座。如何对如此庞大的文化遗产资源进行科学的保护规划将是一项重大的课题。

秦始皇兵马俑博物馆技术总工程师周铁介绍说，根据陕西地震局提供的消息，近期在陕西境内不会发生较大级别的余震，故而，馆方并未将工作重点置于偶发的更高级别的防震应急措施上。当前，保护工作仍是建立主遗址的整套保护方案，包括实时常态的环境监测等一系列保护内容。这将是一项经过全面科学规划、确保保护细致彻底的方案。

但对于整个规划方案设计中，遗址公园究竟能抵抗多少级地震，周铁没有明确解释。

"汶川地震以后，民众对于兵马俑的状况十分关心，但事实上，文物受损情况并未像部分媒体描述的那样严重，原本陶俑就是身首分开的，因而震动让武士的头部出现轻微的倾斜。一驾铜车马原本开启的门因为震动而关闭，有若干陶俑出现了细微裂缝，这当中有部分就属于原本的修复处，整个遗址在此次地震中出现类似的状况共有9处。有些受损情况是专家经过检测才发现，普通人用肉眼察觉不出这类损伤。"

曹玮在接受记者采访时对兵马俑博物馆当前因地震所遭受的影响作了如上陈述。

曹玮说，除库房内文物采取了支护措施外，对外开放展示的一、二、三号俑坑并未采取新的加固防护等措施，这是由于在地震发生前，馆方已采取了相关防护措施。所以，当前整个兵马俑对外开放的俑坑外貌与震前没什么两样。一、二、三号俑坑的展出仍照常进行。

曹玮介绍说，"秦兵马俑—保罗·杨森文物保护"基金启动，也对秦始皇兵马俑及其他文物的保护工作起到了强大的支撑作用。基金设立的目的把原是文物防霉课题研究拓展到深化历史文物和遗址保存的科研工作，加强科研人员的教育与培训和传播文物保护知识等多个领域。

曹玮说，通过设立奖项、奖学金和资格认证可以推动科研事业的发展。

曹玮说，不仅如此，还有一个好消息，就是在比利时博杜安国王基金会的帮助下，从 2008 年 7 月开始，全世界人民都可以通过访问网址网络获取文物保护的相关信息。

秦墓彩俑方阵有望出土

2009 年 6 月 13 日,是我国第四个"文化遗产日",这一天,备受全国人民关注的秦兵马俑一号坑的再度发掘正式开始。

20 世纪 70 年代,秦始皇兵马俑一号坑、二号坑、三号坑先后被发掘。3 座坑中,秦兵马俑一号坑气势最为宏大和壮观。一号坑是一个以战车和步兵相间的主力军阵,面积达到 1.426 万平方米,已经出土陶俑 1000 多件。

秦始皇兵马俑博物馆考古队队长刘占成介绍说,兵马俑一号坑曾进行过两次考古发掘:第一次是 1978 年至 1984 年,考古专家对兵马俑一号坑进行发掘,出土了 1087 件陶俑;第二次发掘是 1985 年,由于技术设备不完善,只进行了一年。此次是第三次发掘。

考古专家预计一号坑内共埋葬了兵马俑 6000 多件,大部分还被埋在地下。

一号坑内除了士兵俑以外,有没有将军俑、文官俑?一些困扰考古界多年的谜团,有望随第三次发掘被破解。

兵马俑一直没有完全发掘完毕的主要原因,就是兵马俑的彩绘保护非常难。

"兵马俑已出土 1000 多件,绝大多数彩绘脱落后消失了。"吴永琪认为,彩绘一旦脱落,秦俑的艺术就不完整了。而吴永琪透露，第三次考古发掘工作的背景就是，秦俑博物馆不久前取得了国家文物局的考古发掘资质，从能力上来说，具备了对出土文物的保护能力。中国与德国专家联手，经过十余年的探索，研发了一套能够在发掘现场保护彩绘的工艺。

被称为"秦俑之父"的袁仲一曾著书对一号坑提出了"一号坑应为军阵"的观点。一号坑是什么样的军阵呢？专家又缘何推断一号坑内有陶俑、陶马 6000 余件呢？

据介绍，一号俑坑的形制是根据军阵编列的需要设计的，俑坑的东端是一个长廊，站着三排面向东的战袍武士俑，每排 70 件，共 210 件，手持弓弩，他们是一号坑军阵的前锋部队。

长廊南边有一排面向南的武士俑，是右翼；北边有一排面向北的武士俑，是左翼；西头有一列面向西的武士俑，是后卫。他们手执弓弩等远射兵器，担任整个军阵的警戒任务。

在 10 道隔墙隔开的 11 个过洞里排列着 38 路面向东的纵队，每路中间都排列有驷马战车。陶俑全部身披铠甲，手执长兵器。他们是一号坑的主力部队。专家根据每个探方里兵马俑排列的密度推算，全部发掘后可出土兵马俑 6000 余件，其中以步兵居多。

秦兵马俑博物馆专家曾历时一年多，将 2000 多年前的一件兵器"戟"修复如初，"戟"依然锋利无比。而在一号坑内，除了戟外，弓弩、青铜剑等兵器数不胜数。熟悉兵马俑发掘情况的专家说，此次发掘还可能发现其他武器。

在一号坑内，6000多兵马俑全部皆属"武"类，居然没有一个是文职人员，难道偌大的军阵只有"武将"而没有"军师"吗？

著名考古学家、半坡遗址发掘主持人石兴邦说，发掘区域应该是考古专家们已经探测好的，应该会有兵马俑出现，也可能会出现"文官俑"，人们期待着多姿多彩的兵马俑。

2003年初，陕西省考古研究所秦始皇陵考古队在秦兵马俑博物馆门前约500米处，清理一处为秦始皇陵烧制砖瓦的窑址时发现了一座墓葬，埋藏有121具人的骨架。专家们在对骨架做DNA鉴定时，意外地发现了一个具有"欧亚西部特征"的个体。

专家推测，在汉代"丝绸之路"之前秦始皇在位时，东亚人群和欧亚西部人群间就可能已经有了较为频繁的联系，既然有"洋劳工"，那么在秦始皇的"军阵"中，也不排除有外国人面孔的可能。

在已经发现的几千个兵马俑中，其中"绿脸俑"备受瞩目。与其他陶俑呈粉色或肉色的脸孔不同的是，该俑至今脸呈绿色，有人戏称是工匠们的"恶作剧"，那么，此次发掘会不会有更多"绿脸俑""蓝脸俑"出现呢？兵马俑到底隐藏着多少秘密，人们在期待着，期待着此次发掘能带来更多惊喜！

6月13日，秦兵马俑一号坑第三次考古发掘如期进行。考古工作者正在细致地用铲子、毛刷等进行清理发掘，有的在仔细绘图，有的在喷水保持土壤湿度。秦俑考古队队长刘占成在现场边清理一辆战车，边不时地指挥着整个工地的考古进度。

秦兵马俑博物馆副馆长曹玮说："根据目前的最新发掘情况，最重要的是在一号坑内发现了两辆驷马战车'亲密无间'，这种情况在兵马俑考古史上还是首次发现。"

14时许，考古人员发现一个破损严重的彩绘俑。17时，考古人员又发现一尊完整彩绘俑，发髻清晰可见，面容祥和，还留着八字胡。

考古人员在清理该武士俑的脸部时，发现其半边脸上存有大面积彩绘，让人十分惊喜。随着进一步发掘，陶俑身上出现彩绘的可能性比较大。

考古人员说，这是一尊铠甲武士俑，保存状况很好，是已发现的俑中保存最完整的一个，连头发丝都清晰可见。秦始皇兵马俑博物馆馆长吴永琪说，这两个彩俑的发现预示着一号坑可能存在大规模的彩俑军阵。

在现场一处隔梁上，执行队长许卫红发现一个巨大的圆形漆木环，上面残存着红色和绿色彩绘，色彩依然亮丽。

"没想到能发现彩绘。"许卫红说。木环呈圆形，直径 60 厘米。看到彩绘后，考古人员给圆环涂上保护液，将彩绘加固，以确保色彩不会遇到空气而消失。许卫红说："在以前发掘出土的战车上也发现过木环，但大多是椭圆形的，像这次发现的圆形木环很少见。"许卫红推测，这可能是木制战车上的一个物件。

在木环附近，一支长 10 厘米左右的箭头格外扎眼，许卫红说，这是当时士兵射箭用的青铜箭镞。人们发现青铜箭镞依然显得锋利无比。

当天发掘出来的镞为三棱形，表面布满铜锈，主要用在弓弩等远射程兵器上。考古人员说，战国晚期的铜镞主要是这种三棱形的。镞的刃部比较尖，杀伤力比较强，造型接近于现在的子弹，是流线型的造型，飞行起来比较平稳。而且秦国的镞含锡多，硬度大，杀伤力更强。但这枚箭头为何在隔梁上，不得而知。

专家分析，一号坑所发现的兵器有万余件，有柳叶刀、箭、剑、戟等各种兵器，青铜箭镞的发现，预示着该区域将有更多的兵器出现。

许卫红说："从当天发掘的情况看，遗迹、遗物保存情况比预想的好，譬如彩绘漆木环和大面积彩绘等，给了我们很大信心。"

截至 16 日，在 200 平方米的探方内已发现近百件陶俑的残体，破碎程度不一，有的破碎成数十块，有的破碎成一百多块，缺头少腿，比比皆是。

据秦始皇兵马俑博物馆考古部主任刘占成推测，本次发掘将出土陶俑 150 件左右。

据秦兵马俑博物馆名誉馆长袁仲一介绍，在兵马俑中，迄今为止发现的下级军吏俑已出土 33 件，都出土于一号坑。其中 29 件身穿铠甲，4 件没有穿铠甲。从步兵与骑兵分类上看，秦俑坑出土的步兵俑可分为军吏俑与步兵俑两类，从其装束、表情和手势上，一般可以判断出其是官还是兵。当前探方内部陶俑的着装情况已基本可以分辨。

一位现场的工作人员说，近日新发现的一件残留有彩绘的军吏俑，位于驷马战车之后，呈俯卧姿势，其残破的俑头向下埋在土中，尚未发掘清理。但可以清晰看见身上的铠甲，不是将军俑通常装备的"鱼鳞甲"，而是属于交叉的秦式皮革背带，证明他是有腹甲而没有背甲的军吏俑。

据专家介绍，近百件陶俑残体的出土，需要大量细致的清理与保护工作，特别是彩绘保护问题。考古人员与文物保护人员在考古发掘中一直在默契地协同工作，彩绘一经露面，立即进行现场保护。

国测队为秦俑科学规划

2009 年 7 月，应秦始皇兵马俑博物馆委托，国测一大队承接了秦俑博物馆扩建工程的控制及数字化地形测图任务。

为适应旅游事业的发展及秦俑文物保护的需要，秦始皇陵公园、秦始皇陵博物院做出规划，对秦始皇兵马俑馆进行扩建。

这一工程以现秦俑馆围墙为基准，向东延伸 550 米，其他三个方向各自向外延伸 500 米。扩大的面积约为 1.9 平方公里。

在这一区域内，国测一大队的施测任务是：埋设标石 18 座，采用全球定位系统进行控制测量，施测四等水准观测 14 公里，用 1：1000 比例尺进行数字化地形测图。

国测一大队二中队组织了一支近 20 人的作业队伍，满足文物单位的急需，在 20 天内顺利完成全部内外作业任务。

2002 年，王家峰大学毕业后，来到国测一大队。他深信，在这里可以全面提高自身素质，实现自己的人生价值。

王家峰被分配到二中队，随即奔赴临潼测区。这次工程时间紧，质量要求高。王家峰来到第三作业小组。

研究规划

测区内大都是居民地，还有一些田地。最难测量的就是那些形式多样的居民地。有时为了测那些点，还必须把仪器架在房子上，就是这样有些地方还是测不到，难度可想而知了。

可是小组长却说："就是一个房子一个房子地量，也要把图测完！"

对于一个新手，有好多东西虽然学过，但是要让其去做，还真做不了。

小组长率先示范，拿起棱镜一会儿跑这儿，一会儿跑那儿。小组长有时候在高达两米的围墙上跑来跑去，令人难以置信，但却是王家峰亲眼看到的。

测区里除了房子多，就是厕所多，几乎每家门前都有厕所。

为了测点，没办法，还必须进去！有的厕所还行，不是很臭，有的简直是让人无法呼吸。

另外，到人家房子里面测量也是常有的事，好的是临潼人热情好客，国测中队的人进去后，他们又是端茶，又是递水，还用陕西话问他们"喝水不喝"，国测中队的人为了不给他们添麻烦，总是说："不喝，谢谢您！"

国测大队的工作完成后，秦始皇兵马俑博物馆将会以崭新的面貌展现在世人面前。

本书主要参考资料

《考古中国：秦始皇兵马俑发现记》岳南著 海南出版社

《秦始皇陵考古发现与研究》袁仲一编著 陕西人民出版社

《复活的军团——秦始皇陵兵马俑发现之谜》岳南著 新世界出版社

《辉煌秦始皇兵马俑博物馆发展纪实》秦始皇兵马俑博物馆编 陕西人民教育出版社

《文物巡展的实践与探索——"秦始皇兵马俑全国巡回展"实录》秦始皇兵马俑博物馆编著 科学出版社

《兵马俑真相——俑坑的主人不是秦始皇》陈景元著 华文出版社